XIN HUO

薪火

中国共产党上海发起组成立前后

王瑢 著

上海人民出版社

目 录

引　言

1911年武昌起义爆发，至1917年张勋复辟失败，六年间中国出现两次帝制复辟，更换三位大总统，地方军阀各自为政，混战不断。其时，西方列强对中国虎视眈眈，凶相毕现。思想观念陈旧，社会价值体系腐朽，加之各地军阀长期纷争导致战事频发，黎庶涂炭，生灵荼毒。于黑暗中蒙昧已久的民众，被压榨，被肆意掠夺，已然麻木。

1917年，俄国十月革命。一种崭新的政治理念开始传入中国。

顾自民国肇造，变乱纷乘。一批知名学者与进步青年，成为怀揣“以华夏之光明为己任”的燃灯者，风靡云蒸，于求索中开始自我反省。

救国思潮激荡变换，由改革文风到改变体制，锐意革新的革命者从对“德先生”与“赛先生”的追求，到科学共产主义的探索。破黑者拨云睹日，点燃华夏文明之曙光。其中有李大钊、陈独秀、蔡元培、胡适、杨昌济等著名学者，亦不乏诸如毛泽东、周恩来、邓中夏、李汉俊、李达等先进青年学子。正是这样的一群人，立天地心鸣道铎，生民立命学有用，身先士卒，匹马当先，于1919年的五四运动中起了引导及中坚作用。

救国即救己。十月革命一声炮响，给中国送来了马克思列宁主义，并为越来越多的知识分子所关注，所接受。他们在努力学习、积极借鉴俄国革命经验的同时，更关注指导俄国终获成功的先进思想理论——马克思主义。

1920 年 8 月，在共产国际代表维经斯基等人的帮助与支持下，上海共产党早期组织成立。上海共产党早期组织，实际上是中国共产党的发起组织。

1921 年 7 月，中国共产党在上海成立。召开中共第一次全国代表大会。出席代表平均年龄二十八岁。全国各地的党员此时亦不过五十多位。然而正是这样一个年轻而伟大的政党，迄今已走过百年，且日益走向辉煌……

序幕　作始也简，将毕也钜

1901 年，暮春。

皖南门户。长江巨埠安徽芜湖港码头。

几位学生正在送别同窗好友。一个人疾奔而来，远远地叫声“仲甫兄!”站定了道，“仲甫兄此去扶桑，日后再见……”说到此处竟致哽噎住。旁人也自默然，一时寂静无言。

他们是杭州中西“求是书院”的学生。即将远行之人，名叫陈独秀。

往来之人结队成群，肩扛手提，且说且笑，甚是热闹。陈独秀凝视不动，良久默然。汽笛响。有人在陈独秀耳畔道，“船要开了，仲甫兄珍重。写信来!”他始醒过来，复点一点头，沉吟半晌，忽道：“我是不甘心，我不甘心哪。”说罢转身上船。

轮船缓缓开动，汽笛一声长鸣，渐行渐远。陈独秀乘船到沪后，由虹口的三菱码头（即扬子江码头）前往日本。陈独秀就从这一年起，赴日求学考察。此后，他多次离开挚爱的故土，赴日接受资产阶级民主革命思想。

陈独秀（1879—1942），原名庆同，字仲甫，号实庵，安徽怀宁人。1897 年，陈独秀入杭州中西“求是书院”学习，开始接触近代西方思想文化。1899 年，因有反清言论而被书院开除。1901 年，因积极组织参与反清宣传活动而遭到清政府通缉，东渡日本避难，就此开始接受现代民主思想。

时光荏苒不觉。

日本东京的冬日街头。

陈独秀习惯每日读报，即使来了日本。这天清晨出门，报纸买来打开，未及看毕便将其团成一团，略一忖，重新展开，折好。埋头疾走。

日本东京中国留学生总会，李大钊此刻正立于台上慷慨淋漓做演讲，道："美国人所希望的，无非是扩大其在华的利益，瓜分中国领土的野心不死……"

台下立时有人高声附和，道："中国，亦为世界万国中之一国，吾等是中国之一人。礼义廉耻，国之四维，四维不张，国乃灭亡……一国盛衰荣辱，全国之人皆为一样的消受，你我如何能逃脱？"

掌声四起。台上台下瞪目相视，说至动情处，不禁泪眼凝波。

陈独秀站在一旁，朝台上扬一扬手中的报纸，努嘴示意。

台上之人继续道："想我中华，大地沉沦，烽烟滚滚……凡有血气，莫不痛心，忠义之民，愿为国死……"

陈独秀再挥一挥手中的报纸，蹙额叫一声："守常，守常兄！"

李大钊略一点头，表示领会，又道："万一横逆之来，迫我于绝境，则当率我四万万忠义勇健之同胞，出其丹心碧血，染吾黄帝以降列祖列宗光荣历史之末页……"

众人振臂高呼："军士变色于疆场，学子愤慨于庠序！"

李大钊拱手抱拳，面朝台下告便道："我有事先走，请黄同学上台来继续。"转身下台，叫声"仲甫"，道："何事？"

陈独秀随将报纸递过去，道："守常兄自己看。"见李大钊面色凝重，又道："今日着汉服称帝大典，真就称孤道寡了……"简直不能想，一提就来气。

李大钊只是埋头看报，逐字逐句读毕，凝神不语，须臾方叹道："衮衮诸公，碌碌汉臣……如今却成一派枯木败草，无一骨节矣……无一骨节矣……"

陈独秀愤然道："决不能眼睁睁看其龙袍加身。"不等李大钊开口，又道："君君臣臣，父父子子，一介腐朽封建官僚，国家能指望他进步？"捭眼看李大钊一眼，继续道："革命革命，依我看，首先要革掉旧思想的命！"

李大钊（1889—1927），字守常，河北乐亭人。1907年考入天津北洋法政专门学校，在校期间加入中国社会党。毕业后到北京参加中国社会党活动，因社会党领袖陈翼龙被杀，社会党被查封，李大钊逃离北京，避难于家乡。1913年夏，赴日留学。1914年入早稻田大学学习政治经济学。

其时，在比日本东京时间慢一个钟头的湖南一师校舍内，毛泽东斜靠床头，埋头细读报纸。

同学蔡和森与萧子升连喊两声"润之"，无果，近前来探过身去看，道："看什么这样投入？"

毛泽东并不作声，纳下头独自思索着，下床来站在窗边往外看。

厚云堆叠。一道强光闪过以后隔了几秒，方才轰隆隆滚过一串雷声，然而并未落雨。后窗正对着一家当铺，此刻包裹厚铁皮的巨门紧闭。凄清的街头，空无一人。要变天了。

那报纸已经给攥得很皱，蔡和森展开来看，悄声念道："袁大总统救国刍言……"便已猜到十之八九。抬头看一眼毛泽东的背影，与萧子升附耳道："吃饭时间到了，我们去食堂再议。"

毛泽东（1893—1976），字润之（原作咏芝，后改润芝），笔

名子任，湖南湘潭人。中国人民的领袖，伟大的马克思主义者，伟大的无产阶级革命家、战略家、理论家。

蔡和森（1895—1931），字润寰，号泽膺，湖南湘乡人，生于上海江南机械制造总局的一个小官员之家。1899年春，随母亲葛健豪回到家乡双峰永丰镇，不久父亲也从上海回乡，并买下位于双峰县井字镇杨球的光甲堂，就此定居。

萧子升（1894—1976），字旭东，后改名萧瑜，湖南湘乡人。他比毛泽东小一岁，是湖南省立一师的高才生。在湖南一师的学生中，与毛泽东、蔡和森同为杨昌济先生的得意门生。

时间追溯至1914年。春。

这一年，五年制湖南第四师范，合并到第一师范。四师开学在春季，而一师开学已然是秋天了。

新生报到后的第一堂课。八班代课老师杨昌济匿面向壁，倒背双手立于讲台，忽而转身道："在座各位，为何要报考一师？直言不讳，不妨说来一听，借以增进彼此之间的了解。"

"四书五经老掉牙喽。"

"愚昧是一切落后的根源。落后未必挨打，愚昧肯定挨揍！"

"富贵沉浮，大抵旋生旋灭，没有较永久的。我之所以报考湖南一师，只为求人生解惑之道。"

一时间七嘴八舌，嘈嘈聒耳。

杨昌济注意到一个学生，穿件灰布旧长袍，敛手低头，端坐在后排靠窗的位置，默无一语，他叫声"毛泽东"，道："你也来说几句？说说吧。"

毛泽东立于窗前，显得有点难为情，喃喃道："父亲不同意我自学，断了经济来源，我报考一师，首先是因为不收学费，膳宿费低廉……”

话未落音，同学们早已前俯后仰，哄堂大笑，乱作一团。

杨昌济咳一声清理嗓子，抬手在黑板上写下几个粉笔字——“实事求是”。掉转身来凝立不动。大家一时怔住。杨昌济示意毛泽东坐下，沉吟半晌，方道：“终日求学而不知求学之目的何在，终日施教而不知施教之目的何在，欲其收效难矣。”众人默然。他又道：“古者为学，重在行事。高尚其理想，立一理想，此后一言一动，皆期合此理想。实事求是方可立定脚跟……”

杨昌济（1871—1920），字华生，又名怀中。自幼饱受传统文化熏陶，尤喜程朱之学。出生于湖南省长沙县清泰都隐储山下的板仓冲。其女杨开慧。1903 年杨昌济留学日本，改名怀中，意在表明“身在异邦，心系中华”之信念。六年学成后赴英国修学三年，之后游历德国与瑞士。1913 年回国。数次辞官，而以教书育人为天职。1918 年夏，应北京大学校长蔡元培之聘，赴北京大学哲学系担任伦理学教授。

湖南第一师范学校，坐落于长沙南门外妙高峰山脚下，此后的五年半中，毛泽东每日天色微明，即起床读书。读累了便来到湘江岸边，与滔天白浪对坐。仰望纤云四卷，他长久伫立，凝神细思。

江堤东侧紧靠粤汉铁路，隔江远眺，可见西岸的岳麓山通体蓊郁苍翠。火车轰隆隆疾驰，岸上之人的脑海中发出轰鸣声。此时的毛泽东，尚未清楚地意识到，现实世界万马齐喑，已经隐约传来大时代的崭新气息。系统的学习生涯，耳濡目染，手写心记，强化了他对社会实践的重要性认知。日后他常对同学们讲，不仅要读“有字之书”，更要读“无字之书”，即实际的社会。

这一天，湖南一师校园内叮铃铃响起下课铃声，八班的同学接踵相从出门来，有人道：“我们用大刀长矛跟人家的洋枪洋炮对着干，孰优孰劣，未及开始，已经败了……”边上的同学恨声道：“打不过也要打！不打那等于卖国求荣，是亡国奴！”

老师杨昌济见毛泽东独自一人站在走廊的尽头颔首无语，走上前来笑道：“听说你很喜欢冷水浴？且不分春夏秋冬？”毛泽东不吭声，略一忖，方道：“冷水浴足以练习猛烈与无畏，又足以练习敢为，是一种很好的锻炼方法。”（见毛岸青、邵华合著，毛新宇、刘滨整理：《我们的父亲毛泽东》，中国工人出版社 2014 年版。）

有同学恰好路过，仰天长叹一声，慨然道：“然而眼下，君长者丰衍而有余，臣仆者穷竭而不足。国力衰竭，加之政府恇怯，任你练就铜筋铁骨又如何？”

杨昌济听闻此言，不置一词，觑眼看一眼毛泽东，又道：“你心里怎么想？”

一个女孩儿生得细俏俏的，豆蔻之年，肤若凝脂，鸭蛋脸上一双笑眼，走过来叫声“爸爸”，立于一旁，盯着毛泽东看。

杨昌济给毛泽东做介绍：“这是爱女开慧。”笑向杨开慧又道：“这是毛润之。”

父亲与毛泽东且走且谈，杨开慧紧步跟在身后，听见杨昌济道：“自来论教育者，往往分为智、德、体三部……余自弱冠，即有志于教育。值世局大变，万国交通，国内人士，争倡变法自强之议，采用东西洋各国成法，创兴学校，以图教育之普及。余以为处此时势，非有世界之智识，不足以任指导社会之责……关键是，我们到底要什么。”他说一句，毛泽东点一点头，表示心领神会。

是时，日本东京中国留学生总会内，陈独秀与李大钊正同中国留学生热烈探讨商议并发表演讲；国内，湖南一师食堂内，同学们七嘴八舌，议论纷然。

1915年1月18日，日本向袁世凯提出旨在灭亡中国的“二十一条”。

5月7日，日本帝国主义向袁世凯提出最后通牒，限其48小时内必须作出答复。

5月9日，袁世凯以“中国无力抵御外侮”为由，同意日本提出的丧权辱国之卖国条约，并递交复文表示，除第五项各条日后进一步协商，其余全部接受日方要求。

窗外，口号声阵阵袭来。

“五月七日，民国奇耻！”

“何以报仇？在我学子！”

“我们自发组织起来，跟小日本拼命！”

萧子升握拳高呼：“走，我们去督军府抗议！”

蔡和森面色凝重，忖道：“路费何来？没钱呵……”

李立三与罗章龙前后脚进来，远远地叫声“润之，和森”，站定了道：“在教室里喊声再高有何用？”见毛泽东凝神细想，不发一语，他又道：“大家团结起来，去北京请愿游行。”

边上有人附和道：“到阎老西的都督府去！”

蔡和森面露难色，没听清咕哝了一句什么话，李立三道：“众人拾柴火焰高。”从兜里掏出两块银元拍在饭桌上，又道：“这是我这个月的饭钱。大家有钱出钱，有力出力。”

其时。日本。阴雨绵绵。

陈独秀手举一本书，坐在前排的同学瞥见书名——《德意志社会革命家列传》。就听陈独秀喃喃道：“国土不可断送，人民不可低头……”又道：“西洋与东洋列强之所以强大，原因就在这本朱执信先生撰写的书中，马克思与恩格斯，两位伟人，崇尚工人大众的力量……”话未落音，李大钊推门而入，来不及落座，便将一份报纸递过来，攒眉斥道：“不可忍，简直不可忍……”

白纸黑字。醒目的标题跃入眼帘。陈独秀没等读毕，愤然道：“姓袁的这无异于自掘坟墓！死后还有何颜面面对祖宗?!”

李大钊将报纸上关于“二十一条”之事，缕述分明，在座各位听罢，无不气愤难平。

陈独秀颔首无言，须臾，决然道：“守常，我们该回国了。”

李立三（1899—1967），原名隆郅，湖南醴陵人。1919年9月赴法勤工俭学，1921年回国加入中国共产党。他先后在地方和中央担任工人运动领袖，曾担任党中央重要领导职务。在1930年犯过“左”倾冒险错误，但不久就认识改正。在战争年代，他曾经“死”过三次，组织和同志们为他开过三次追悼会。

罗章龙（1896—1995），原名璈阶，湖南浏阳人。1915年入长沙长郡中学，与同在长沙就读的毛泽东结为好友，被称誉为“管鲍之交，后无来者”。1915年，毛泽东以“二十八画生”名义发出征友启事，他是最早的响应者。

第一章
积土成山，风雨兴焉

袁世凯死后，各系军阀纷自割据称霸，置国家危亡于不顾。一时间民穷财尽，水深火热。其时，内有冥顽势力，外有西方列强诸国加紧侵华掠夺，然则懦弱政府为求苟安，企图将山东国土无条件让与日本国，无异于拱手而降。众怒。霎时间举国一致对外，尤其一群进步青年学子，难掩胸中愤懑，随奋起抗争。

北大之初

北京大学。

学校大礼堂内。蔡元培立于高台之上，先是面朝台下济济一堂的师生脱下礼帽，深鞠一躬，而后大声道："我代表中华民国教育部，以及国立北京大学校务评议委员会，郑重宣布，兹聘请陈仲甫先生出任北京大学文科学长。"寥寥数语，却掷地有声。

掌声四起，久久不落。

陈独秀一身白西装，大踏步上得台来，接过聘书，面向台下欠身鞠躬，立于一旁。

观礼者中，不少高鼻深目的外国人，只是跟随大声鼓掌。人群中不乏啧有烦言者，一个对另一个道："这'力主清党'，乃新官上任三把火，我等本并无异议，然而这位仲甫先生，无非会写几篇策论式的时文，并无真才实学，到北大任教尚嫌不够，更枉论要出任文科学长……"立刻引来身后人反驳道："蔡元培先生来北大担任校长，到校后，没有开会发表长篇赘论，没有发表任何文告来宣传他的办学宗旨，以及方针态度。”又道：“这位留日归来的陈先生，不仅于新学有所专长，且精通文字学、音韵学、训诂学，实乃北京大学梦寐求之的人才。蔡校长慧眼识才！”

蔡元培（1868—1940），字鹤卿，又字仲申、民友、孑民，乳名阿培，曾化名蔡振、周子余等。浙江绍兴人，原籍浙江诸暨。1916年至1927年，任北京大学校长，革新北大，开“学术与自由”之风。

话说蔡元培为何来北大出任校长一职？

说来话长。清末成立的“京师大学堂”，民国初改名为“北京大学”，以严复为第一任校长。为时并不久。冯友兰先生在《三松堂自序》中有这样的文字记载——“我于1915年进北大的时候，没有校长，由工科学长胡仁源兼代校长。当时的文科学长是夏锡祺。当时的学系称为‘门’。各系没有设系主任。系务由学长直接主持……文科有四个门，即中国哲学、中国文学、中国历史和英文……”（参见冯友兰：《三松堂自序》，人民出版社2008年版。）

冯友兰（1895—1990），字芝生，河南南阳人。中国当代著名哲学家、教育家。1918年毕业于北京大学哲学系。1924年获美国哥伦比亚大学哲学博士学位。

彼时之北大，虽已改名为“国立北京大学”，然则作为一所“皇家大学”，其官僚习气与衙门腐朽之气甚重。科举时代遗留下来的官本意识依旧。教员中不乏北洋政府官僚，即使碌碌无为，胸无点墨，却照样广受学生吹捧。毕业于北大法科系的陶希圣先生曾有这样的回忆文字记录——“民国初年，贵族子弟仍然不少……两院一堂是八大胡同（当时的妓院集中地）备受欢迎的重要的顾客……”言下“一堂”，即指“北京大学”，也即“京师大学堂”。

北大的这种陈腐堕落之坏名声，蔡元培早有耳闻。当得知蔡元培即将出任北大校长一职，挚友们纷纷劝其三思，担心他一旦“进去了，若不能整顿，反于自己的名声有碍”。然而蔡元培始终坚信“教育救国”之理念，更何况其时国难当头。耳畔众人苦口婆心规劝，他举眼望向远方，喃喃道：“既然知道腐败，更应该进去整顿，就是失败也算尽了心。这也是爱人以德……”当仁不让地接受了北洋政府大总统黎元洪颁发的北大校长委任状。

蔡元培一生曾多次赴国外留学考察。1907 年夏，蔡元培到达德国首都柏林。此时的他已届不惑之年，然而于这位清朝翰林而言，游学德国是其多年的夙愿。为此曾多次放弃公费游学日本的机会，心心念念非要到德国来学习不可。只因其心中执念“救中国必以学”，而“世界学术以德最尊”，故而“游学非西洋不可，且非德国不可也”。

在《为自费游学德国请学部给予咨文呈》一文中，蔡元培曾写下这样的文字——“窃职素有志教育之学，德国就学儿童之数，欧美各国，无能媲者……爰有游学德国之志，曾在胶州，上海等处，预习德语……职现拟自措资费，前往德国，专修文科之学，并研究教育原理，及彼国现行教育之状况……至少以五年为期，冀归国以后，或能效壤流之助于教育界……”（参见高平叔：《蔡元培年谱长编》第 1 卷，人民教育出版社 1998 年版。）

蔡元培在德国

蔡元培一生三次赴德留学，前后逾五年之久。1907 年入莱比锡大学学习，1911 年底因辛亥革命而中断学习，回国后出任民国临时政府教育总长。

1912 年 7 月，他因不愿与袁政府为伍而愤然辞职，并于同年 11 月再次入德国莱比锡大学。半年后，被孙中山召回。

1924 年，身为北京大学校长的蔡元培，再次远赴德国汉堡大学，计划从事民族学研究。然终因干扰频繁，遗憾放弃。而在此三次赴德之中，第一次时间最久（四年多），亦最艰难，对蔡元培的学术与思想影响也最大。

时光倒流至 1907 年初夏。

那是沸腾却又被黑暗笼罩麻木了的暑天。穿一件灰黑色香云纱长衫，戴灰白色绸丝葛礼帽的清朝翰林蔡元培，已近不惑之年，终决定完成其游学德国的夙愿。由家乡绍兴乘船先至上海，再由上海赴德。

好友前来送行，其中一位是发小，劝道："阿培，公费游学日本，不花自家一分一毫……"然而一句话未尽，噎在喉咙口。有人拉牢蔡元培的衣袖，未言先叹，语重心长劝其回心转念。

蔡元培只是沉默不语，极目远眺。远远的有一艘菜贩小船，正顺了桥洞悠悠然摇过来。近了，更近了。蔡元培与亲朋好友逐一道别，道："救中国必以学，而世界学术德最尊，故而游学非西洋不可，且非德国不可也。"略一沉吟，又道："此为澄思渺虑之举，心向往之。在德专修文科之学，并研究教育原理，及彼国现行教育之状况。"说罢掉转身登船。

众人立于桥头，默然挥手，目送其离开。听见蔡元培大声道："珍重！待学为己用，教育救国。"岸上之人依依难舍，他又道："吾人苟切实从教育着手，未尝不可使吾国转危为安。大家珍重！"

小船一路摇。水声潺潺，此刻听来犹如啜泣声，青天白日忽然间落起雨来了。细雨无穷无尽，桨声，水声，穿过一座接一座石洞桥，朝着镇西慢慢慢慢划过去，划过去……岸上之人，如蝇头蠕动，变作黑点，终于看不见了。

蔡元培负笈来德，系自费留学。柴米之忧无以逃遁，加之学费不菲，一切的一切，均需靠一双手拼力赚得。柏林人地皆生，首先面临语言关，苦学德语的同时，就此开启他半工半读的留德生涯。

在驻德公使孙宝琦的帮助下，蔡元培得以进入驻德使馆兼职，承诺每月可获银三十两。然而大使馆只应允照顾其食宿，并不提供任何职务与薪金。

其时，遥远的家乡尚有妻女需要抚养，踌躇再三，蔡元培给在德学习的唐绍仪的侄子唐宝书、唐宝潮等兄弟四人做家庭教师，专讲国学，每月可得报酬一百马克。朝升暮合，日日辛劳，仍时常捉襟见肘。

同乡挚友张元济见蔡元培常常一饥两饱，实在于心不忍，于是向上海商务印书馆商洽，特约蔡元培在欧洲为该馆著文编译，酬金按照编译千字三元，著述五元的标准计算。每月可得一百马克，如此，蔡元培终得以安心留学。

案牍劳形的日子，紧张且忙碌，不得片刻空闲。因柏林大学的入学手续严谨而烦琐，于蔡元培多有不便，遂于1908年8月，改入莱比锡，就读于莱比锡大学。

张元济（1867—1959），字筱斋，号菊生，浙江海盐人。出生于名门望族书香世家的张元济，清末中进士，入翰林院任庶吉士，后在总理事务衙门任章京。1902年，张元济进入商务印书馆历任编译所所长、经理、监理、董事长等职。

而关于此段留德之难忘经历，多年后，蔡元培曾这样自述道："我在柏林一年，每日若干时学习德语，若干时教国学，若干时为商务编书，若干时应酬同学，实苦应接不暇……德语进步甚缓，若长此因循，一无所得而归国，岂不可惜！适同学齐君宗颐持使馆介绍函向柏林大学报名，该大学非送验中学毕业证不可，遂改往莱比锡（Leipzig）进大学。"（参见《蔡元培自述》，人民日报出版社2011年版。）

《蔡元培书信集》（高平叔、王世儒编注，浙江教育出版社2000年版）收录蔡元培先生留学莱比锡大学期间，致他人的信函与电文，共计1 671件（1894—1940年）。通信对象几乎涉及近现代中国军政财文各界要人。其中，信函皆以明信片形式书写，不妨抄录两段，如下：

1908年12月14日致陈介：

（莱比锡——柏林）

前在柏林奉教，甚快。

别后又承赐精丽之片，尤感。承示拟于年假偕夏君来此，甚所欢迎，惟弟等拟游 Dresden（山水秀丽，音乐尤著名），如公来此后能偕往则大好矣（并请转致夏公）。

蔗青先生惠鉴

弟 培 顿首

1909 年 7 月 24 日致陈介：

（莱比锡——柏林）

惠片谢谢。

夏君已到此盘桓，颇乐；惜贝君既匆匆返英而公及胡君竟未来游也。闻公得家庭之乐以助长学问之兴会，良可艳羡。

蔗青先生惠鉴

弟 培 顿首

两封信，写给一位叫陈介的。

陈介（1885—1951），字蔗青，湖南湘乡人。早年留日，1907 年留德。在柏林大学攻读法政。1912 年归国，任工商部商务司长及外交部常务次长等职。1938 年起历任国民政府驻德国、巴西、墨西哥、阿根廷等国大使。

信中所提到一位夏君，指夏元瑮（字浮筠，夏曾佑之子）。当时亦就读于柏林大学。后获理学博士学位。与蔡元培关系密切。蔡说："夏君每日于大学课程听完后，常到我寓，同往旅馆晚餐，或觅别种消遣……"（参见蔡元培：《孑民自述》，江苏人民出版社 1993 年版。）

北大新文化运动之“三只兔子”

话说蔡元培聘陈独秀任北大文科学长，霎时间七张八嘴，议论纷然。然而大家并不知晓，蔡元培为了能请陈独秀加入北大，一度曾三顾茅庐，一趟趟往返于前门附近的小旅馆。可谓熬心费力。

1916年12月底（也有一说是在1917年1月初），蔡元培到北大上任。首先决定从整顿文科入手。由于文科教员中冥顽不化者众，崇尚宋儒理学的桐城派尚占优势，亦成为北大革新之路障。

学风不端，教风散漫。大部分学生“学而优则仕”，念书只不过是为了混个文凭，以求日后仕途便捷。

许多老师“走后门”进校，只为拿一份公家的薪水。有的老师上课，直接发给学生印好的材料，述而不作。

彼时的北大文科学长，旧派人物夏锡祺已经辞职，亟须延聘具有革新思想，且具有真才实学者前来。苦于良才难求之际，蔡元培多次访晤医专校长汤尔和，只求尽快了解北大现状，并虚心征询文科学长的人选问题。

汤尔和向蔡元培力荐的人便是陈独秀。对其盛赞有加，称其“确可为青年之指导者”，并找出由陈独秀主编的《新青年》给蔡元培参看。

其时，身任北大预科国文主任的沈尹默，同样向蔡元培极力举荐陈独秀，与汤尔和不约而合。

汤尔和（1878—1940），浙江杭州人。早年曾在杭州府中学

堂就读师范，1902 年协助其师在沪创办《新世界报》。留学日本，毕业于金泽医专（现为金泽大学）。之后游德，获柏林大学医学博士学位。归国后任两级师范校医、北京医专校长。1937 年抗战全面爆发后投靠日本，沦为汉奸。

沈尹默（1883—1971），字中、秋明，号君墨，别号鬼谷子，祖籍浙江湖州。1883 年生于陕西兴安府汉阴厅（今陕西安康市汉阴县城关镇民主街）。原名君默。因其在北大任教时寡言，被同事调侃“要口干嘛”，建议其“君”改为“尹”，遂改名为沈尹默。

据当时正在北大上学的顾颉刚回忆，蔡元培到任那天，校工师生于校门外自成两列，恭恭敬敬给新校长行礼。但见着深灰色对襟棉衣，外披同色长袍的蔡元培下得车来，脱下礼帽，郑重其事地向众人回鞠了一个躬……

这一举动立时引起轰动。殊不知，彼时国立北京大学的官僚气息甚为浓厚，校长为大总统直接委派，属官府要员，校长进门时校役自然应当行礼，而他自可不必侧目。事实是，蔡元培从来没有将“北大校长”的头衔看作官职。

蔡元培从德国回来，给自己制定三个原则，借以自我约束。此三个原则是：一不做官，二不纳妾，三不打麻将。人称“三不主义”。在蔡元培看来，北京大学校长是由政府任命，而他之所以答应就任，是要来办教育，而绝非图做官。

多年后，冯友兰在书中曾留下这样的文字——“我在北京大学的时候，没有听过蔡元培的讲话，也没有看见他和哪个学生有私人接触……他所以得到学生们的爱戴，完全是人格之感召……”（参见冯友兰：《三松堂自序》，人民出版社 2008 年版。）

顾颉刚（1893—1980），名诵坤，字铭坚，号颉刚，小名双庆，笔名余毅、铭坚等，江苏苏州人。1920年毕业于北京大学。

蔡元培因何对陈独秀青睐有加？与其新锐思想以及坚忍不拔的毅力不无关系。其时，陈独秀恰好就在京城（在上海创办《新青年》杂志如火如荼，此次与同乡好友汪孟邹进京，是为筹募资金与股份）。入住于前门“中西旅馆”。

这天，陈独秀难得偷闲，出得门来，去往附近的琉璃厂随意逛逛。偶遇在北京大学工作的老朋友沈尹默。北京大小茶肆众多，路旁一家京城老字号“吴裕泰”，一脚踏入。店面不阔，找个靠窗的位子，老友不期而会，且笑且谈，十分愉悦。

沈尹默道：“仲甫兄，何时到京？下榻何处？”

前门这一带，旧时为穷人区，多数人家没有院子，推门就进入屋内。挑担子的小贩远远地吆喝一声：“葫芦，冰糖葫芦，现蘸得咪——”不紧不慢地来了。

陈独秀眼稍一瞟，道：“我在上海办《新青年》杂志，近又与亚东图书馆汪原放合编一部辞典，恨不能生出三头六臂来。”觑眼看沈尹默，笑道：“这次进京，特为募款而来。”随将《新青年》在上海办得如何大火，一度洛阳纸贵，逐一细数。眼下正与汪孟邹等人酝酿筹备办一个超级“大书店”，此番便是为此事招股而来。

他讲一句，沈尹默略点一点头，表示领会。问了陈独秀所住旅馆的地址，道：“仲甫兄，暂且不要回上海，隔日我会再来拜望。”

陈独秀含糊地漫应一声，并不多言。

再闲谈几句，各自散去。沈尹默急着与汤尔和晤面，将偶遇陈独秀之事，一一缕述。汤尔和听到沈尹默如此一番话，便已心中了然。慨然道："不瞒秋明兄，我正一筹莫展。"沈尹默早已料到，只是不语，汤尔和又道："鹤卿新官上任，拜托我帮他物色北大文科学长的最佳人选，尚不可得……"

二人一拍即合，说走便走，赶至北大去找蔡元培。

推开校长办公室的门，汤尔和脱口道："陈独秀到北京来了。就住在前门附近。"

沈尹默随即将陈独秀的住址，以及房间号，一一写给蔡元培。而这天，正是蔡元培接到北洋政府正式任命的一天。

对于陈独秀的盛名，蔡元培其实并不陌生。

时光旋转至 1904 年 12 月。上海。

蔡元培与陈独秀曾有过一面之缘。彼时的他们，都是"反清暗杀团"成员。只是此后多年断了联系。近来几日，蔡元培细细品读《新青年》，深深折服于陈独秀的睿智与博学，尤为赞赏其"立意革新，鼓吹民主"之新锐思想。听闻两位好友如此这般极力举荐，刻不待时，即刻前往前门中西旅馆造访。

孰料，好事多磨。接连几趟跑下来，数次不遇陈独秀。然则蔡元培毫不气馁，锲而不舍，照旧日日前往，不见到真神誓不罢休。

1916 年 12 月的四九城，呵气成雾。

接连数日，在北京前门附近的"中西旅馆"内，店伙计发现，走廊的尽头，总看见一位中年男子，内穿中式对襟棉袄，外穿深灰色大衣，一副金丝边圆框眼镜，唇边两抹山羊胡子，颔首无言，只是来回踱步。偶尔立于窗前往外张看。

一年之中，四九城的这个季节，黑暗与寒冷同样固执。白天如做梦一般短暂。那男子默无一言，怔怔痴立，看那天的尽头远远的一朵墨云压城。一只黑猫不知从何处钻出来，浑身黝黑，毛发污暗，受到电线上麻雀的诱惑，企图登爬阳台外的干枯紫藤。

天越发的灰蒙蒙，隐约带了一丝雾气，压向地面。

大雪将至，要变天了。

那位文化人模样的男子不急不缓，来了便立于六十四号房门外，凝立不动，默无一语。房间里始终不见动静。旅馆伙计渐渐神昏体倦，忖度之下，探问道，“请问先生，您找哪位？”

“64 号房的陈独秀先生。”

“哦。这位陈姓先生大忙人哪。”店伙计看了蔡元培一眼，道：“白天不见人影，夜间常去看戏。迟迟不归，唯贪睡晚起。此刻定在呼呼酣睡。”蔡元培点头微笑。

回想这位长衫文化人来过多趟，店伙计睡眼惺忪，哈欠连连道：“我去帮你叫醒他。”

蔡元培立刻摆手，“嘘”一声，道：“勿催。我不急。我在房间门口等。”一眼瞥见楼梯拐角处有一只长条板凳，拿过来笃定坐下，仍旧悄然不响。

汪孟邹有记日记的习惯，日记中曾有这样的文字记载——“蔡先生差不多天天来看仲甫（陈独秀），有时来得很早，我们还没有起来。他招呼茶房，不要叫醒，只要拿凳子给他坐在房门口等候……”

汪原放（1897—1980），又名家瑾、麟书，笔名士敏、白石、严约、方泉（此名是陈独秀于 1933 年在南京狱中致汪函所取），安徽绩溪人。汪原放对整理出版中国古典小说作出过很大贡献，开新式标点古典小说之先河。1980 年 4 月 1 日在上海逝世。

汪孟邹（1878—1953），安徽绩溪人。20 岁中秀才，23 岁进

南京江南陆师学堂，在维新思想影响下，25 岁在芜湖创立科学图书社，任经理。销售上海出版的新书新刊，兼营文具仪器。翌年，支持陈独秀出版《安徽俗话报》半月刊。1913 年到上海，独资创立亚东图书馆，任经理。1952 年，亚东图书馆由于“出版托派书籍”而被上海市军管会勒令停业。不久，忠厚老实的汪孟邹在上海逝世。

身为赫赫有名的北大校长，不壹而三，到街边小旅馆拜请陈独秀，足可见礼贤下士、爱才若渴的蔡元培，实乃彬彬君子。

蔡元培请陈独秀进北大任教，可谓一波三折。这一日，陈独秀开得房门看见蔡元培坐在门外，叫声“鹤卿兄”，拱手笑道：“怎么不敲门？实在不好意思。”

蔡元培摆摆手，表示无碍，觑眼看一眼陈独秀，来不及叙旧，只管将来意表述分明。怎知给陈独秀一口回绝了。何故？日后有一次陈独秀曾对他人聊及此事，道：“蔡先生约我到北大，要我帮助他整顿学校，然而我从来没有在大学教过书，又没有什么头衔，能否胜任？尚且不得而知……”言下之意，自己并没有任何大学文凭，怎可随意承诺？且还是北大？若从另一个角度看，陈独秀是谦虚的，谨慎的，亦是有责任心的，因此对于蔡元培的邀约，一时难以定夺。

蔡元培吃了“软钉子”，并不放弃，坚信绳锯木断的道理，照旧前来。陈独秀计出无聊，无可奈何道：“鹤卿兄莫要责怪，实乃事出有因……”随将自己的理由和盘托出。

蔡元培只是默默地听，偶尔点头附和，等陈独秀言毕，觑眼望向他，笑道：“仲甫兄博古通今，尤其拜读过先生的《新青年》，可谓学贯中西，八斗之才，非一张文凭可匹敌也。”见陈独秀默无一语，不置可否，又道："我不搞论资排辈，北大改革求贤若渴，仲甫兄没有教过书亦无妨，请你来，主抓教学的组织与管理工作……"

陈独秀忖量再三，道："《新青年》杂志如同我的命，刊物新创，诸事繁杂，且事必躬亲，故而实难从命……"然而蔡元培诚心敬意，且接连数日不厌其烦地游说，他忽然想起好友胡适来，又道："向蔡先生推荐一位良才，我的朋友胡适。留学美国。哲学博士。年龄比我小，但学识绝非在我之下。诗书文论俱佳。能有他任文科学长，极好。"随将胡适个人情况，一五一十，细述分明。不等陈言毕，蔡元培即拍板道："仲甫兄将《新青年》带到北大来，岂不两全其美?"言之至此，盛情难却，陈独秀委实不忍再拒，然则胸中仍两意三心，踌躇道："容我暂且试干三个月，如胜任，即继续干下去，倘如不能胜任，立即回沪。"

蔡元培均一一应允。

至此，陈独秀走上北大文科学长的岗位，一上任便迫不及待要请胡适来。并将《新青年》杂志迁至北京。

胡适（1891—1962），原名嗣穈，学名洪骍，字希疆，笔名胡适，字适之，著名思想家、文学家、哲学家，安徽绩溪人。以倡导白话文、参与新文化运动而闻名于世。

1915年，胡适转入哥伦比亚大学哲学系，攻读博士。师从约翰·杜威。

1917年，无论是对胡适，还是对《新青年》杂志，甚至对全中国，实乃至关重要的一年。

就在陈独秀与蔡元培晤面，并达成共识之际，远在海外的胡适，正进入紧张的毕业准备阶段。

学业繁重，偷得浮生半日闲的胡适，无意间看见《新青年》正在征稿，一蹴而就，写了篇题为《文学改良刍议》的文章，投递给杂志社。

文章立刻被采用，排版时恰巧给蔡元培看到。读毕，认为此文言简意赅，却不失铿锵有声，一旦刊发，定会引发中国知识界的大震荡。想起陈独秀谈及此君时难掩溢美之词，绝非虚妄。当日便给纽约的胡适发去聘书。

聘书漂洋过海而至，胡适刚刚结束博士学位的考试。接到北大聘书，自是心中欢喜，不假思索便决定动身。匆匆告别导师杜威，搭乘轮船回国。

刚刚进入北京大学的胡适，课并不多，共三门。每周只有十二个课时。工作轻松，到手的薪资却出乎意料。任职的第二个月起，胡适月薪为二百八十元。这在当时的北大教授里，实属翘楚。自然引来诸位有资历有背景的“老教授”不满，明里暗里，呵壁问天，啧有烦言。

“刚入职，薪水如此之高，凭什么？”

“还是个青涩愣头青！”

这一年，胡适刚满二十六岁。

然非有踔绝之能，不相逾越。胡适并没让蔡元培失望。当那篇《文学改良刍议》在《新青年》刊发后，立时引发社会舆论哗然。这亦使得胡适在新文化运动中，平地起波澜，一飞必冲天。日后成为新文化运动中的扛旗手，舵把子。下笔一字长城，势必成为北大的一块金字招牌。

胡适本人亦曾颇为自负道，北大新文化运动是靠“三只兔子”支撑起来的。“三只兔子”，指的是胡适与陈独秀与蔡元培。

因三人生肖同属兔，且彼此各差一轮（十二岁）。言下虽不乏傲睨一世之意，然而如今再看，绝非虚妄。

胡适知恩感恩，对于蔡元培当年的慧眼以及赏识，多年后仍念兹在兹。步入暮年，他曾这样对身边人说："如果没有蔡先生当年的着意提携，我的一生，也可能就在二三流报刊编辑的生涯中度过了……"

不拘一格降人才

事过境迁，往事历历。蔡元培后来跟人谈及重振北大，这样道："我对于陈（陈独秀）君，本来有种不忘的印象，就是我与刘申叔君同在《警钟日报》服务时，刘君曾语我，有一种在芜湖发行之白话报，发起的若干人，都因困苦及危险而散去了，陈仲甫一个人单枪匹马，支持了好几个月……陈独秀出任文科学长后，即以他主编的《新青年》为阵地，积极鼓吹新思潮……不久，他又毅然甘冒全国学究之敌，高张'文学革命军'大旗，团结了一批新派教员，迅速地在校内形成了一个以《新青年》编者为核心的革新营垒。"也就是从这时起，陈独秀与蔡元培举肩并行，积极推动北大文科的改革。

蔡元培对陈独秀极为器重，且爱护有加，对其人不检细行的弱点，并不十分苛求。对此二人均甚为熟悉的梁漱溟，晚年曾这样评价道："我认为蔡元培先生萃集的各路人才中，陈独秀先生确是佼佼者。当时他是一员闯将，是影响最大，也是最能打开局面的人。但是，陈这人平时细行不检，说话不讲方式，喜欢直来直去，很不客气，经常得罪于人，不少人怕他，乃至讨厌他。校内外都有反对他的人。只有真正了解他的人才喜欢他，爱护他，蔡先生是最重要的一个人……由五四而开端的新思潮新文化运动，首先打开大局面的是陈独秀，他在这个阶段的历史功绩和作用，应该充分肯定，但是，如果得不到蔡先生的器重爱护与支持，以陈之所短，他极有可能在北大站不住脚，而毫无用武之地。”

请来了陈独秀，又有胡适加盟，蔡元培接着又聘请李大钊来做图书馆主任。

原北大图书馆藏书甚少，设备差，制度亦不健全。蔡元培整顿学校，十分重视图书馆的重建，曾请章士钊归国主持其事，然而章士钊到任不久即辞职。因《甲寅》共事一场，深知李大钊的人品与才华，故而向蔡元培举荐李接替他来做图书部主任。日后，章士钊曾在回忆中这样道："以吾萦心于政治之故，虽拥有此好环境，实未能充分利用；以谓约守常来，当远较吾为优，于是有请守常代替吾职之动议。时校长为蔡孑民，学长陈独秀，两君皆推重守常，当然一说即行……"

接下来，蔡元培又聘请王星拱、刘半农、徐宝璜等。连最顽冥不化，顶着大辫子的辜鸿铭也留下来，教授英国文学。

曾拥护袁世凯称帝的"筹安会"元老人物刘师培，此时正窘困潦倒，亦留下来教文科，主讲中国文学史。

"北大落榜生"梁漱溟，不过二十出头，年纪轻轻著有论文《究元决疑论》，给蔡元培看到，认定其人水平甚高，立即请他来教印度哲学。

此外，还有在新闻界崭露头角的徐宝璜，任北京大学新闻学研究会副会长，新闻学导师。国内第一个介绍爱因斯坦相对论的夏元瑮，做理科学长。

新文化运动代表人物之陈独秀、胡适、钱玄同、刘半农、李大钊，政治保守但国学功底深厚的刘师培、黄侃、辜鸿铭，以及留学归来的李四光、丁燮林、马寅初、陈启修等齐聚一堂，北大可谓名师济济，百花荟萃。

王星拱（1888—1949），字抚五，安徽怀宁人。早年毕业于英国伦敦大学帝国科学技术学院。在英留学期间，曾参加孙中山领导的反清进步运动。1910年加入中国同盟会欧洲支部。1916年获硕士学位。回国后任北京大学教授，在《新青年》等刊物上发表文章，宣传科学知识，反对宗教迷信。

刘半农（1891—1934），原名寿彭，后名复，初字半侬，后改半农，晚号曲庵，江苏江阴人。清宣统三年（1911年）曾参加辛亥革命。1912年后，在上海以向鸳鸯蝴蝶派报刊投稿为生。1917年到北京大学任法科预科教授，并参与《新青年》杂志的编辑工作，积极投身文学革命，反对文言文，提倡白话文。

徐宝璜（1894—1930），字伯轩，江西九江人。1912年毕业于北京大学，后考取官费留美，于密歇根大学攻读经济学、新闻学。1916年回国，先任北京《晨报》编辑，继任北京大学教授兼校长室秘书。1918年与蔡元培发起成立北京大学新闻学研究会，被推为副会长、新闻学导师和会刊《新闻周刊》编辑主任。

刘师培（1884—1919），字申叔，号左盦，江苏仪征人。1917年，应北京大学校长蔡元培之聘，任北京大学文科教授。先后开设“六朝文学”“文选学”等课程，有《中国中古文学史》讲义传世。1919年1月，与黄侃等成立“国故月刊社”，成为国粹派，在北大主导发起《国故学刊》。

辜鸿铭（1857—1928），字汤生，号立诚，学博中西，号称“清末怪杰”。精通英、法、德、拉丁、希腊、马来亚等9种语

言，曾获13个博士学位，为清代精通西洋科学、语言兼及东方华学的中国第一人。辜鸿铭翻译了中国“四书”中的三部——《论语》《中庸》《大学》，并著有《中国的牛津运动》（原名《清流传》），以及《中国人的精神》（原名《春秋大义》）等英文书。

有一天，沈尹默前去探望蔡元培。一见面，叫声“鹤卿”，道：“这次北洋政府借你来做招牌，治理北大。等到了某一天，你的主张与政论与其有所不同，他们马上就会赶你走。所以眼下当务之急，你对于北大，应即刻着手进行改革。”略忖了一忖，又道：“但有一点要注意，凡改革一件事，必要拿得稳，不然的话，一个反复，比现在更坏……”

蔡元培沉吟片刻，略点一点头，道：“此言有理。那依兄之见，此事该如何开头为好？”

“我建议你向政府提出三点要求。第一，北大经费要有保障。其二，北大章程上规定教师组织评议会，而教育部始终不许成立。古人云，百足之虫，至死不僵，以扶之者众也。故而与其集大权于一身，不如将大权交给众教授，借教授之手以治校。如此一来，将来即使有一天，鹤卿兄离开，学校亦不会乱……根据章程成立评议会。最后一点，规定每隔一定年限，派教员与学生到外国留学。”

蔡元培对于沈尹默的高见，十分赞赏，即刻撰文，上报当局，将亟待解决之事，逐一缕述分明。果然事遂人愿。

此后的北大校园里，常可见拖长辫反康梁的怪人辜鸿铭，不买胡适的账，言辞凿凿，摇头吟诵道：“许多人笑我痴心忠于清室，但我之忠于清室，非仅忠于吾家世受皇恩之王室，乃忠于中国之政教，即系忠于中国之文明……”

日后周作人为其画像，道："辜鸿铭生得一副深眼睛高鼻子的洋人相貌，头上一撮黄头发，却编了一条小辫子，冬天穿枣红宁绸的长袖马褂，上戴瓜皮小帽……这样一位小城市里华装教士似的人物，怪是怪，学问却是顶尖级的。"

有时路过教室，听见坚持旧文学的黄侃，正在课堂上大骂。骂的是倡导新文学的同门师弟钱玄同。骂他有辱师门。

作为一代国学大师的黄侃，五岁能将《史记》与《汉书》从头背到尾，七岁起作诗，九岁读《经》，且日逾千言，人呼"神童"。恃才傲物，随意而为习惯了的黄侃，嗜酒如命，黄侃的侄子黄焯曾在回忆文章中这样谈论其叔——"每餐豪饮，半斤为量"。黄侃好酒，且对酒从不挑剔，黄白红啤，来者不拒，经常喝至大醉。诗酒一家。喝多了便在课堂里骂人，尤其是对钱玄同，开口斥道："玄同是什么东西？他哪种讲义不是抄着我的？"（谓其共同留日时，钱乘其小解离座，窃其笔记。而钱听了不以为忤，并不回应）。

胡适的卓尔不群，使得黄侃最得意且寄以厚爱的高足傅斯年，顷刻便倒向了新文学阵营。黄侃于是耿耿于心，对于胡适"文学革命的主张"，但凡有人提出，立刻驳斥，且一言不合便怒目以视。有次黄侃酒后来给学生上课，愤愤然道："适之说什么做白话文痛快，世界上哪有痛快的事？"台下同学面面相觑，他又道，"金圣叹说过，世上最痛之事，莫过于砍头，世上最快之事，莫过于饮酒。胡适之如果想要痛快，尽可以去喝酒，喝了酒再仰起颈子来给人砍掉……"

黄侃（1886—1935），初名乔鼐，后更名乔馨，最后改为侃。字季刚，又字季子，晚年自号量守居士。湖北蕲春人。1905 年留

学日本，于东京师事章太炎，受小学与经学，为章氏门下大弟子。曾在北京大学、中央大学、金陵大学、山西大学等任教授。后人称他与章太炎、刘师培为“国学大师”。

傅斯年（1896—1950），初字梦簪，字孟真，山东聊城人。1913年考入北京大学预科。1916年升入北京大学文科，本科国文门，曾著《文学革新申义》，响应胡适的《文学改良刍议》，提倡白话文。

辜鸿铭、刘师培、黄侃、陈汉章、梁漱溟等人构成的“古旧派”，跟新派相对垒，常常纷争不休。不断地有人前来向蔡元培诉苦，蔡元培听罢只是微微一笑，道：“我素信学术上的派别，是相对的，不是绝对。所以每一种学科的教员，即使主张不同，若都是言之成理，且持之有故，就让他们并存，令学生有自由选择的余地……”这是蔡校长始终秉承的“思想自由，兼容并包”的办学主张。

面对新派学生一味攻击旧派的辜鸿铭、刘师培等现象，蔡元培出面劝导，道：“我希望你们学习辜先生的英文，学习刘先生的国学，并不要你们也去拥护复辟或君主立宪……”

对于北京大学而言，1917年是极其重要的转折年。于蔡元培亦然。北大成为新文化运动的主要阵地，为更为活跃进步的思想者，打开一片崭新领域。

教育以德育为先。主政北大后，蔡元培还将老友李石曾早年在上海发起的“进德会”移植至北大，要求入会者必先戒除嫖赌等恶习。

此时的北大，再不是腐朽官僚的养生所，真正实现了教育民主与教育平等。不仅如此，蔡元培还设立了一系列有利于“启迪民智”的举措——北大允许校外生旁听课程，正式生与旁听生共处一堂。

毛泽东与李大钊之于北大

四季之中，春天来去匆匆，如烟花般稍纵即逝。

1918年4月，蔡元培在北大创办专门为在校工友提供进修学习机会的“校役夜班”。提倡平民教育的蔡元培认为，凡求学心切者，理所应当获得同等的学习机会。此举一石激起千层浪。校内师生群情鼎沸，校外社会舆论哗然。

其时，在湖南长沙，新民学会在蔡和森家悄然成立（1918年4月14日）。到会的有毛泽东、蔡和森、萧子升、何叔衡、萧三、张昆弟、陈书农、邹鼎丞、罗章龙等。这是五四前后最早的新型社团之一，其宗旨为“革新学术，砥砺品行，改良人心风俗”。选举萧子升为总干事，毛泽东与陈书农为干事。然则学会成立不久，萧子升便赴法国，于是会务交由毛泽东主持。

1918年6月下旬，新民学会召开会议。会上，大家一致认为“留法勤工俭学”已事不容缓，应尽快尽力而为。会议推举蔡和森等人“负责进行逐项事务”。蔡和森即刻启程赴京。到北京后的第一件事，便是给毛泽东写信。信上这样写道：“润之，我很赞同你关于新民学会的方针与意见，并一如既往地鼎力支持……兄对于会务，本有经纶天下之大经，立天下之大本的意趣，弟实极其同情，且尤不讳忌嫌疑于政党社会党及诸清流所不敢为者之间。以为清流既无望，心地不纯洁者又不可，吾辈不努力为之，尚让何人去做？此区区之意，相与共照也……”还道：“三年之内，必使我辈团体，成为中国之重心点。”言下铿锵有力，字字句句都说在毛泽东的心坎上。

是年，秋高气肃，清爽宜人时节，正值湖南一师毕业季。校舍内，同学们七张八嘴，关于“国难当头，政府当消弭歧见，止息兵戈，使我华夏民族重新屹立……”的争论，一时难分难解。

有位同学说至兴起，站到凳子上大声道：“少弄那些虚头巴脑。我们应该即刻行动起来，到政府门前游行抗议！”

有人在一旁叫好，声音低下来，嗫嚅道：“毕业了，再想继续有学上，难喽。”又道：“不如将同学们集合起来，去给政府施压！”

另一个则未语先叹，慨然道：“眼下很多同学百计千谋出国留学，我很想去法国，德国亦可，然而……”说到此处竟至哽噎住，纳下头寂然了。

但见毛泽东独自站在窗前，凝立不动。身后的同学叫声“润之”，走过来道：“三个臭皮匠赛过诸葛亮，你脑子好，有何高见？”

“对对对，别闷葫芦一个，说说吧！”

毛泽东不发一语，只是曲背弯腰，站久了松活筋骨，淡淡一笑。

同学们默然相视，有人嗟叹道：“短短几年功夫，大总统换了又换，然而民不聊生，万古不变。敢问吾国之将来，究竟路在何方？”简直不能往下想。

众人面面相觑，一时都寂然了。

毛泽东对于同学们的争论，不置一词，并非闭目塞听。这些日子，尤其接到蔡和森的来信后，愈发焦思。他还在踌躇。

杨昌济不久前刚刚调任北京大学任哲学与伦理学教授，上回在来信中说：“润之，蔡元培先生正在组织留法勤工俭学预备班一事，建议你即刻启程赴京。”杨昌济仿佛有未卜先知的本领，随后写道：“润之，你尽管来。我来负责湖南留法学生的勤工俭学组织工作，另，你无需为生计劳心。我可以介绍你去北京大学工作，学习与生活，一切问题皆迎刃冰解……”千叮万嘱。想当初正是因为老师杨昌济及时将赴法勤工俭学的信息传递回家乡，萧子升等人才得以先行前往。

隔日，毛泽东又接到蔡和森的来信。蔡和森自打来到北大，日日焚膏继晷，时常跑去老师杨昌济家，请教或协商关于下一步的工作学习计划。

蔡和森再次致信毛泽东，道：“兄事已与杨师详切言之，师颇希望兄入北京大学……”再次提到北大校长蔡元培“正谋网罗海内人才”一事，继续道：“吾三人有进大学之必要，进后有兼事之必要，可大可久之基，或者在此……”蔡和森言下之“兄事”，指的是毛泽东正在长沙筹划赴法勤工俭学之事，而“吾三人”，当然是指毛泽东与蔡和森与萧子升。他们同为杨昌济最看重的学生。而杨昌济在信中亦几次三番极力催促毛泽东进京，希望毛泽东能“入北京大学”，是为以造学业与事业之“可大可久之基。”

暮色四合时分，毛泽东将杨昌济跟蔡和森的来信读了再读。此时之湖南，政局混乱，政权更迭纷繁，教育早已给戕害践踏，学生无学可求，茫茫然不知何去何从，勤工俭学则成了唯一一条出路。箭在弦上，说走便走，片刻不得耽搁。

长沙火车站的站台两旁，即将踏上旅途的乘客，纷沓而至。从窗户里露出一张脸，怔怔望向站台上的人，听不清送站之人在说什么。

汽笛声长鸣，列车缓缓启动。火车头喷吐白而浓的白烟，越过田野，越过高山，一路昼夜兼程。

1918年8月15日，一路风尘仆仆的青年毛泽东，为新民学会赴法勤工俭学之事，由长沙乘火车，辗转多日，抵达北京。这也是他头一次离开家乡的长途之旅。

然而，到达北大的头一晚，毛泽东整宿未眠。干脆爬起来写字。日记本打开，扉页上题有一首诗——“松桂一庭绿，雨声凄正繁。诗书从意读，景物未全残。幸有生徒乐，初无风雪寒。胡为常郁郁，天地尚平安。”信奉改良主义，主张教育救国的杨昌济，头一次在课堂之上吟诵出这首诗，毛泽东立刻便喜欢上并记住了。此刻反复悄声吟诵，越发感同身受。

北京十月份已经比较冷了，梧桐树叶簌簌落下，不知何故它们的飘落牵动着毛泽东的心，看着面前北方深秋的街头，他只是埋头疾走。这趟不远千里，从遥远的家乡湖南赶来，无暇欣赏沿街宜人的京城秋景，心里记挂着老师杨昌济的叮咛：“润生要赶早。到图书馆找一个叫李大钊的，他自会安排……”

彼时，土洋结合的北大教学红楼，才刚落成。毛泽东大踏步拾级而上，直奔红楼一层位于东南角的图书馆，站在主任办公室门前略忖了一忖，方才抬手轻叩。

“进，请进。”

毛泽东推门而入。不待对方开口，先将老师的推荐信递将过去，立于一旁，道：“我叫毛泽东。”

李大钊读罢信，抬头看一眼这位着蓝色土布长衫，个头高出自己一截的青年，笑眯眯略一点头，道：“毛润之。好！”此人穿件灰色的旧棉袍，鼻梁上一副无框圆眼镜。头发稍长，有点乱蓬蓬的，目光平静而慈祥，眉目星朗，眼神中隐隐透出一股勃勃英气。

李大钊请毛泽东一旁落座，道：“毛润之，我多次从怀中兄口中听闻你的名字，湖南师范的高才生哪。”毛泽东喃喃自谦一句，他又道：“此次来京，是特为二十几位湖南同学办理赴法勤工俭学之事？然而你本人并无意赴法，而只想在北京大学找份工作，同时希望能借机做一个旁听生？”

毛泽东只略一点头，道：“我觉得我们要有人到外国去，看些新东西，学些新道理，研究些有用的学问，拿回来改造我们的国家。同时也要有人留在本国，研究本国问题。我觉得关于自己的国家，我所知道的还太少，假使我把时间花费在本国，则对本国更为有利……”

李大钊又道：“现在住在何处？具体想做些什么工作？”

毛泽东道：“暂借宿在老师杨昌济家。我是借朋友的钱来到北京的，到了以后，非马上找工作不行……”（参见《毛泽东一九三六年同斯诺的谈话》，人民出版社 1979 年版，第 33 页。）继而又道，我不怕吃苦，干什么都行。

李大钊听罢微微一笑，摆手道，“堂堂师范高才生，干什么都行，岂不是大材小用？万万使不得，再说怀中兄亦不答应呀。”

一句话说得毛泽东紧张的神经松弛下来，不禁也跟着笑了。

李大钊问毛泽东今年多大？

“刚满二十四岁。”

院墙外紧挨着一条街巷，有小贩游街串巷而过的吆喝。声音沙哑而略显疲惫，经过院墙外宁静的古槐树，一路曲折，游荡，声音渐行渐远。

后来，征得校长蔡元培的同意，李大钊便为毛泽东安排了图书馆的工作职位。这便使得毛泽东解决了生计的问题，可以留在北大。进而也就创造了毛泽东与李大钊彼此二人时常接触碰面，同商共议探讨革命的机缘。

毛泽东在北大图书馆的工作职责，亦非仅仅是“管理十五种中外文报纸”，以及“登记到馆阅报的人的姓名”。除了此项职责之外，他还同主任李大钊共同整理书刊，协助张申府登记图书目录等。

有文字记载，说“张申府曾谈到毛泽东的字很潇洒，登记目录需工整，故让毛泽东重新抄过……”全国解放后，章士钊在向毛泽东谈及张申府的工作安排问题时，毛泽东说：“那是我的顶头上司啊……”（参见沈家祥：《鲜为人知的党史人物——张申府》，《中国社会报》1992 年 7 月 3 日。）

见微知著。其时，毛泽东在北大图书馆十分受李大钊的器重，且图书馆的工作使他获得诸多机会，了解社会，了解世界，亦带来阅读学习新书新刊的便利条件。

多年后，当新民主主义革命终于取得伟大胜利，毛泽东与中央领导机关自河北省西柏坡迁入北平。当看到古都城垣时，毛泽东不禁忆起三十年前，感慨道：“三十年了！三十年前我为了寻求救国救民的真理而奔波。还不错，吃了不少苦头，在北平遇到了一个大好人，就是李大钊同志。在他的帮助下我才成了一个马列主义者。他是我真正的老师，没有他的指点和教导，我今天还不知道在哪里呢！……”（参见李银桥：《在毛泽东身边十五年》，河北人民出版社 1991 年版，第 125 页。）

毛泽东从北大图书馆出来，回到鼓楼后面豆腐池九号杨昌济家时，晚霞散绮，已至暮色苍然时分。

小院里有一棵枣树，下圆上尖的弹头枣，亦称美人指、马牙枣，是北京特有的枣子。先众枣熟，微微染一层淡淡的红晕。知道老师杨昌济此刻尚未回来，然而一想到今日与蔡元培、李大钊的谈话，毛泽东立于枣树下，不禁笑了。全然不觉身后有人来。

杨开慧立于身后，叫声“毛润之”，笑道：“什么事，乐成这样？”

毛泽东随将今日之事，一五一十缕述分明，并忙不迭道：“多谢恩师帮忙。”

杨开慧年方十五，正值青春年华，听罢，只是纳下头微笑，没听清咕哝了一句什么话，抬头望着眼前这位眉目清朗的高个子青年。

爱情的种子，于无声处已经开始发芽……

第二章 他 们

李大钊与章士钊

李大钊得以进入北大图书馆，不得不提章士钊。曾任北洋军阀段祺瑞政府司法总长兼教育总长的章士钊，与李大钊等于截然迥异世界中的两人，一生中却有着特殊交往，犹如蔓藤交错生长，彼此影响极深。

章士钊（1881—1973），字行严，笔名黄中黄、青桐、秋桐，生于湖南善化县（今长沙市）。曾任中华民国北洋政府司法总长兼教育总长。清末任上海《苏报》主笔。1911年后，曾任同济大学教授，北京大学教授，北京农业学校校长，广东军政府秘书长，南北议和南方代表。

李大钊东渡日本，恰好是二次革命爆发后的1914年初。怀着“去国徒深屈子恨”的心情而来。

是年二月，考入早稻田大学政治经济学本科。为积极支持反对袁世凯复辟，李大钊处于战斗第一线，组织并领导“神州学会”，团结留日知识分子，秘密反袁。

发端于近代中国历史上的许多事件，诸多皆由留日学子掀起。譬如1915年，袁世凯密谋窃国，留学界酝酿反袁。各种“反袁运动组织”，如雨后春笋般遍地勃发而起，而其中尤以李大钊等河北学生创办的“中华学会”最具代表性。以及由易象、王九龄等湖南学生为主的“乙卯学会”最具战斗力。考虑到宗旨相同，但彼此相对闭塞，加之地缘关系，以及入会资格严格等诸多因素，难免有碍于风起潮涌的“反袁”斗争，后将二者合而为一，这便是“神州学会”。

“神州学会”成员百余人，其下设立有总评议会、干事部等。会员每周六自发组织演讲，意在商讨祖国之前途，以及世界未来趋势。李大钊曾为评议长。

1915年1月18日，日本借欧战之机向袁世凯提出企图亡我中华之“二十一条”卖国条约。李大钊连夜奔走呼号，随即联合中国留学生成立“留日总会”，并亲自撰文《警告全国父老书》，向国内源源寄发。

> 寅卯之交，天发杀机，龙蛇起陆，娵訾鹑火。战云四飞，倭族乘机，逼我夏宇。我举国父老兄弟姊妹十余年来隐忧惕栗，梦寐弗忘之亡国惨祸，挟欧洲之弹烟血雨以俱来。噩耗既布，义电交驰。军士变色于疆场，学子愤慨于庠序，商贾喧噪于廛市，农夫激怒于畎郊。凡有血气，莫不痛心，忠义之民，愿为国死。同人等羁身异域，切齿国仇，回望神州，仰天悲愤。以谓有国可亡，有人可死，已无投鼠忌器之顾虑，宜有破釜沉舟之决心。万一横逆之来，迫我于绝境，则当率我四万万忠义勇健之同胞，出其丹心碧血，染吾黄帝以降列祖列宗光荣历史之末页。事亟寇深，危险万状，谨陈斯义，布于有众，皇天后土，实式凭之……
>
> 呜呼，吾中国之待亡也久矣！所以不即亡者，惟均势之故。前此痛史，姑不殚述。粗摄厥要，断自甲午。列强在华，

拔帜竖帜，均势之局，乃具规模，以中国泱泱万里，天府之区，广土丰物，迈绝寰宇，任何一国，欲举而印度之、势所弗许。即欲攘我权利，亦辄为他国所遏，群雄角逐，赖以苟安。故欲夷我如卢克森堡、比利时者，亦所不能。惟是燕幕之惨，志士寒心，牛后之羞，壮夫切齿，诚以寄生即亡国之基，履霜乃坚冰之渐也。甲午之战既终，日人挟其战胜之余威，索我辽东半岛。外交黑幕，捭阖纵横；坛坫樽俎之间，乃不得不有所迎拒以图一时之牵制。而引狼拒虎之祸，势又缘兹以起，且至不可收拾……

凡兹条款，任允其一，国已不国。况乃全盘托出，咄咄逼人，迫之以秘密，胁之以出兵，强之以直接交涉，辱我国体，舆论激昂，则捏词以诬之；国民愤慨，则造谣以间之。不曰独探，辄曰收买，忽而离间，忽而煽动，一若吾国人皆鹿豕之不如，尽金钱之可赌。至彼报章横议，主兴问罪之师，政社建言，促行解决之策，欲举其详，难更仆数。此日本乘机并吞中国之由来，吾人所当镌骨铭心，志兹深仇奇辱者也。日本既发此大难，中国不敢于坐亡，日复一日，势必出于决裂。彼有强暴之陆军，我有牺牲之血肉；彼有坚巨之战舰，我有朝野之决心。蜂虿有毒，而况一国，海枯石烂，众志难移。举四百余州之河山，四万万人之坟墓，日本虽横，对此战血余腥之大陆，终恐其食之不下咽也……

为使“反袁运动”能够顺利得以展开，并继续造势，1916 年初，李大钊乘船秘密回到上海。迅速联络相关组织，于隔月又秘密返回日本。此间，李大钊被推选为文事委员会编辑主任，主编留日学生总会机关刊物《民彝》杂志。并在最新一期的杂志上刊发《黄种歌》。借其独特的短诗形式，朗朗上口的语调，警醒国民。

早稻田大学学籍簿上有这样的文字记载——当时李大钊的住所是“牛达区下户冢町五二基督教青年会内”。由此可知，李大钊入学之前入住“下户冢”的“基督教青年会”，实则为早稻田大学的“中华基督教青年会”。而彼时与李大钊同期留日的李墨卿，在1933年7月出版的《墨园随笔》中（第497页），亦摘录有《黄种歌》，并明确指出，歌曲的创作者为李大钊。李墨卿写道：“当时同人吟之，莫不击节，且为之血脉偾张……”另，1982年1月5日《北京晚报》亦曾刊载连燕堂“李大钊佚诗《黄种歌》”。后经乐亭人李乐光整理后，编入1983年人民出版社出版的《李大钊文选》。

李墨卿，名翰章（汉章），山西潞城人。1906年考入太原优质师范学校。毕业后受聘为山西省教育司职员。1912年，被山西省政府派赴日本留学，与李大钊共同就学于日本早稻田大学政治系。期间成为留日学生中的活跃分子，一度担任过“中华民国留日学生总会”文牍主任与《民彝》杂志主编。

李大钊缘何要创作《黄种歌》？不妨再稍往前追溯。

辛亥革命胜利，李大钊壮志凌云，曾一度对中国之前景雄心万丈。然而，革命派流血浮丘换得的民主共和制，却被袁世凯政府轻松窃取掠夺。安土息民已成虚妄，李大钊黯然神伤。1918年起，李大钊学习并开始接受马克思主义理论，越发感受到“再造中国之不可缓”，越发清晰地认识到，中华民族之崛起，决然离不开各民族团结合作。所谓勠力同心，众煦飘山。而彼时之华夏大地，内有军阀混战，外有帝国列强欺侮，我全体国民如何努力方可步入民主共和之路？

值此椎心泣血之际，李大钊创作《黄种歌》。谱曲后，初曰《黄族歌》。歌词全文摘录如下：

黄种应享黄海权，亚人应种亚洲田。
青年！青年！
切莫同种自相残，坐教欧美着先鞭。
不怕死，不爱钱，丈夫决不受人怜。
洪水纵滔天，只手挽狂澜。
方不负石笔铁砚，后哲先贤。

短诗的形式，简洁明快，却使得文字的意境，阔达而宏大，且十分具有节奏性。行间字里，难掩百炼成钢之丹心侠骨。朗朗上口的歌曲，立时流行开来，传唱于大街小巷，引为热议。

话外音。关于《黄种歌》，笔者曾多方查阅资料，发现有无名氏撰文《伴我少年时的歌声》，刊发于《读乐亭》杂志第三十七期。文中将《黄种歌》列入19世纪三四十年代日本国“大东亚共荣”之宣传曲目，给纳入“日伪曲目”。一度给读者带来困扰。完全以讹传讹。

1924年，孙中山在广州黄埔长洲岛建立军校。特将《黄族歌》作为黄埔军校建校时期的校歌。黄埔军校的毕业生，正是一路亢音高唱，伴随着《黄族歌》的歌声，鼓噪而进，开始北伐战争。

更早前，在国内。李大钊第一次读到章士钊主办的《独立周报》，立刻喜欢，且向报社毛遂自荐，负责该报在天津地区的销售与发行。

其时，李大钊与同学积极发起《言治》月刊，并努力撰文，以求与《独立周报》遥遥相对，山鸣谷应。文章中不乏直接引述章士钊之个人观点的段落。

章士钊二十出头即任进步刊物《苏报》主笔，二十四岁时流亡日本，成为孙中山与黄兴的策士。袁世凯对章士钊的才华青睐有加，曾力邀其出任北大校长，然章士钊以自己资历学识尚浅而婉拒。后来，袁世凯之丑恶嘴脸毕现，章士钊决意南下，组织投入“反袁运动”。并亲笔撰写“讨袁檄文”。后讨袁运动失败，章士钊不得已而再度流亡日本。

1914 年，章士钊在日本东京创办《甲寅》杂志。

中国共产党的两位主要创始人之“南陈北李”，均与章士钊创办的《甲寅》杂志密不可分。陈独秀的“独秀”之名，更是首先于这一刊物上面世。而李大钊则是因《甲寅》杂志，与章士钊结识，并就此成为挚友。

李大钊远渡重洋，来日后，仍沿袭每日读报与翻阅杂志之旧习。某日，看到《甲寅》杂志即将出版的宣传，兴奋之余，投袂而起，一挥而就写了题为《风俗》的文章寄去。落款人为“守常”。

章士钊收信读罢，倏忽间“惊其温文醇懿，神似欧公，察其自署，则赫然李守常也……”，当日便按照信上所附地址，热情邀约李大钊晤面。

日本街边小茶室。二位“最熟悉”的陌生男子头回晤面，对坐而视。章士钊叫声“守常”，拱手笑道：“久仰久仰。”将李大钊让进里面来坐定，又道：“守常兄向《甲寅》投稿，为何不署本名，而要用号？”

李大钊笑而不语，默然片刻，方立起身来，欠身道：“先生名钊，我何敢名‘钊’？”话未落音，自己不禁先笑起来。

新朋旧友

陈独秀年长李大钊十载，此时正在东京雅典娜法语学校读法语。是年，为其第四次来日。生活一度极为窘困，用他自己的话说，是“穷得只有件汗衫了。其中无数虱子……”而对在留日学生中轰动一时之“反袁运动”，他并不十分热衷，甚至置身事外。

反袁运动失败，1914 年 7 月，陈独秀再度赴日本，与谷钟秀等人协助章士钊办《甲寅》月刊。第一次使用笔名“独秀”，发表文章《爱国心与自觉心》，开宗明义提出——“人民何故必建设国家？其目的在保障权利，共谋幸福，斯成立国家之精神。”鉴于对现实之大悲愤，文章尖锐地指出中国并未形成“近代国家观”，而国人亦没有爱国之“自觉心”。文中指出，“要有爱国心更要有自觉心，恶国家甚于无国家，如果是一个人民在其中毫无权利，毫无幸福可言的国家，瓜分之局，何法可逃，亡国之奴，何事可怖……”。立时引发社会舆论哗然，纷纷指责其不爱国。

谷钟秀（1874—1949），字九峰，直隶定县（今属河北）人。清末优贡。京师大学堂肄业，后留学日本。1914 年在上海与欧阳振声创办泰东图书局任总编辑，创办《中华新报》。袁世凯死后，1916 年 7 月任段祺瑞内阁农商总长兼全国水利总裁，次年辞职。1926 年任河北省政府委员，兼任井陉矿务局局长。在北京住鲍家街寿俞百胡同十七号院，刘少奇在北平搞地下活动时，在他的宅

院居住。

然而陈独秀写《爱国心与自觉心》揭露袁世凯的反动统治的同时，未免胸中忧心忡忡。“海外之师至，吾民必且有垂涕而迎之者矣……”，之所以首用“独秀”署名发文，亦有不愿惹是生非之意。

殊不料，“独秀”在中国留日学生中迅速引发热议，霎时间七言八语，褒贬皆而有之。大多数人都认为，独秀之言论，过于悲观——他竟然认为中国还不如亡国好，甚至干脆变成像印度跟朝鲜那样。一时间众口销金，在中国留日学生中影响极坏。

然而，唯李大钊管中窥豹，时见一斑。他欣赏独秀文章之哀梨并剪，下决心深究。

这日，李大钊与章士钊闲谈间聊及此事。

李大钊将刊有《爱国心与自觉心》的杂志翻开，递给章士钊，道：“此人文笔了得，只是健笔生花之下，自我悲观情绪稍重了些……”见章士钊沉吟不语，又道：“对于人才，我们要尊重，要爱护，当务之急，我觉得，是否应该帮助作者重塑信心，使其重获昂扬的斗志，投入日后更为纷繁尖锐的斗争之中……”

章士钊听闻此言，并未多言。默然片刻，望向李大钊，道：“仲甫兄绝非等闲之辈。早年主办《安徽俗话报》。参加过励志学社以及专门以反抗清政府与外国侵略为宗旨的岳王会。”

李大钊听得瞠目，隔了几秒方才回过味来，恍悟道：“独秀，原来就是陈仲甫哪！”章士钊笑而不言，他又道：“武昌起义后，参与安徽籍同盟会。安徽独立后，担任都督府秘书长。在孙中山先生领导的二次革命中，协助原励志社以及岳王会人员讨伐袁世凯的陈仲甫哪……”言下欣喜之中又带了点遗憾似的，掸眼看了章士钊一眼，面露恍惑，继续道："以陈先生这样的人中枭雄，被政府通缉的'贼子乱党'，此等风云人物，如何会写出那样悲观厌世的文章来?"轻叹一声，摇摇头不说了。

章士钊默无一语，纳下头独自思索着，良久方道："不少读者来信，质问《甲寅》为何要发表这种低贱卑劣的东西?甚至有人指名道姓骂独秀，骂其以为不知爱国，宁复为人，何物狂徒，竟敢如此大放厥词……简直就是败类了。然而，凡事必有因果。"看一眼李大钊，嗟叹道："沧溟何辽阔，龙性岂易驯。仲甫性狷急不能容人，亦辄不见容于人的独特个性，岂非常人所能理解?难矣。"

李大钊只是怔怔然，偶尔附和一句，略忖了一忖，道："以先生之见，此事该如何收场?"

章士钊善于探微察隐，淡淡一笑，道："不羁之马，才学殊绝。文人持不同政见者，并不鲜见。依我看，不如守常兄亦将自我之高见，写篇文章，随刊发表出来，大家从容探讨商榷。可好?"

"人归人，文章归文章。不能因人而否定其文学才华。"李大钊欣然允诺道："甚好。就照先生说的办。"

再略谈几句，各自散去。李大钊回到住处，不觉天色将晚。章士钊的话言犹在耳，夜不成寐，通宵赶写出《厌世心与自觉心》，通读几遍，感觉尚可。隔日一早便寄给章士钊，随文寄去一封信，字字句句，诚心敬意，希望章士钊能够代他邀约与陈独秀单独晤谈。

读罢《厌世心与自觉心》一文，章士钊立刻被李大钊新颖立论所吸引，逻辑缜密而谨慎，述说有礼有节，尤其对独秀所作《爱国心与自觉心》文中观点的批评，可谓一语破的。

李大钊连夜赶写《厌世心与自觉心》一文，给"独秀"以隔空支持与积极回应，意在呼吁人民，切勿放弃爱国主义信念，要提振信心，要“求一可爱之国家而爱之”。李大钊还特别指出，“独秀”的文章，之所以引人激愤，是为通过激烈的方式，唤醒民众之“爱国心”，而究其本质，其文必有弦外之音，绝非文字之表象。

章士钊读罢又读，不禁喃喃自语，道：“厌世之辞，嫌其太多；自觉之义，嫌其太少……”而这正与许多读者来信所投诉的观点，不约而同。胸中恍然，又道：“守常兄此文，正是试图以‘申独秀君言外之旨’也……”

然而，深感欣慰之余，章士钊开始为李大钊请求与陈独秀单独晤面而踌躇难决，慨然道：“我深知仲甫性情冷傲，弄得不好，很可能会惹起革命党人之间不必要的唇舌论战，倒给保皇派以攻击之口实，该如何是好……”

隔日天晴日出，爽气宜人，章士钊起个大早，此刻于办公室窗前伫立凝望。窗下紧挨着路口，传来报童叫卖：“号外！号外！”吆喝声凄厉不同以往，他奔出去买了一份八开单页报纸，赫然印有特大醒目黑体字标题——“亡国为奴……”远远的，见陈独秀手里拿份报纸，只是埋头疾走。不禁笑道：“有了。”

待陈独秀一脚踏入编辑部的门，章士钊叫声“仲甫”，将《厌世心与自觉心》文稿递于他，道：“仲甫兄那篇《爱国心与自觉心》，掀风播浪已有段时日，图口舌之快者众，仍接踵而从，何时是个头？”简直不能想。

陈独秀看一眼文章署名，道：“李大钊？何许人也？未曾听说。”语气不屑，拿过文稿来细看。

章士钊相机行事，与陈独秀讲起作者李大钊。将其愤慨于袁世凯卖国求荣，如何写就《国情》文，以笔作枪，犀利尖锐地披露袁世凯与美日帝国主义相互勾结，企图亡我中国之大阴谋一事，来龙去脉，细述分明。

陈独秀只是埋头看稿，并不作声。

章士钊道："守常兄《国情》文中之'国情不可与客卿谋'观点，实乃我中国人民奋起反袁之先声。此文发表于袁世凯称帝一年前，足以可见，守常在政治上，有谋略，有远见。"见陈独秀并不辩驳，继续道："心有大格局，方能于漩涡中战斗……"

话未落音，陈独秀忽而长长的哦了一声，恍然间记起一件事。这位名叫李大钊的，此前跟自己曾有过一场纸上的唇枪舌剑。而彼时，章士钊就是力荐李大钊之《国情》文章如何大好。此刻听章士钊旧话重提，加之才读罢《厌世心与自觉心》，并未如往常那般言语峻利，好为断制。默然良久，方道："行严兄，何必如此激愤？"喟然长叹一声，又道："中国今日之大总统，与清朝时的皇帝，究竟有何不同？"

章士钊自然明白，袁世凯相较于慈禧太后当年卖国求安，犹有过之而无不及，听罢陈独秀此言，只是淡淡一笑，道："明知如此，吾等冒死反对帝制，而拥护共和，其意义何在？"

陈独秀沉吟片刻，道："国家者，保障人民之权利，谋人民之幸福者，不此是务，其国也存之无所荣，亡之无惜。若中国之为国，外无以御侮，内无以保民，且适以残民……海外之师至，吾民必且有垂涕而迎之者矣……"陈独秀仍然坚持自己在《爱国心与自觉心》文中观点，不等章士钊开口，又道："国家，国家，尔行尔法，吾人诚无之不为忧，有之不为喜。"抬手将李大钊的文稿扬了一扬，继续道："瓜分之局何法可逃，亡国为奴何事可怖？我所作文章，主旨在于，论述国人无爱国心者，其国恒亡。国人无自觉心者，其国亦殆。二者俱无，国必不国。何错之有？"

章士钊深知老朋友桀骜个性，笑向陈独秀道：“对个人自由权利的追求，历来乃仲甫兄所追求之自由。一点不错。”把李大钊的文稿展开，指着文中某一段落，又道：“作者情绪悲观，文章格调沉黯，势必会使得读者愈加没了积极性与反抗精神。革命志士推崇爱国运动，号召四万万中华儿女奋起与之抗争，还是需要多一些积极向上才好……”

陈独秀听罢，不置可否，忽道：“杂志乃行严兄创办，你赞同发，发便是。”推脱有事，掉转身来向外走，走出门又站住，道：“极而言之，一个没有民主与自由的国家，还不如亡了！”言毕，佛衣而去。

过些时日，陈独秀再次细读李大钊所写《厌世心与自觉心》，对自己在《爱国心与自觉心》中所表现出的哀颓不快之悲观情绪，作者完全理解，并表示感同身受。不禁起立徘徊，独自喃喃念道：“有国若此，深思挚爱之士，苟一自反，要无不情智俱穷，不为屈子之怀沙自沉，则为老子之骑牛而逝，所由起也……”读至此处，不禁如鲠在喉。此刻方才恍然，知道李大钊的确是抱着悲天悯人之决心与态度，既承认伤感源自对于国家人为刀俎我为鱼肉之沉重反思，同时亦肯定这种反思尽管难掩“悲观色彩”，但却是出于“爱国心”。当然，文末指出这毕竟是一种消极的“厌世情怀”，还是应该予以摒弃。

待心平气复，陈独秀把文章从头至尾再通读一遍，胸中释然，于是提笔给章士钊写信，道：“愚则自忘其无似，僭欲申大钊君言外蕴旨，愿闻其详……”同意与李大钊见面。

隔日，陈独秀绝早起来，赶往章士钊住处。才刚坐定，听得屋外有人来。章士钊叫声“守常”，将来人让进屋里。

陈独秀抬眼望去，见一位中年男子，西装革履，拎个手提包，大步流星而来。

李大钊进得门来，但见面前之人宽脑门，个头不高，目光炯然，已经起身相迎，道：“大钊君幸会。在下便是独秀……”手直伸出去，自己不禁先笑起来。

章士钊忙着沏茶倒水，悬着的心此刻方才放下来，看着陈独秀，笑道：“仲甫兄想通了？甚好！”

陈独秀不发一语，纳下头独自思索着。

李大钊对于独秀文章中“悲观过激蔽于感情之辞”，并未进行空洞说教，而是讲述生动故事，使个中道理深入浅出，更利于民众学习接受。而实际上，自打《爱国心与自觉心》一文刊发以来，反对也好，赞成也罢，嘈嘈聒耳之声不断，却并没有多少人真正理解文中之本意。直到在李大钊文章中看见这样的文字，“一时激于政治之恶潮，厌倦之极的现象，是因为其恶为人们所不能容忍，一旦真的亡国，做了他人阶下之囚，才会真正感到亡国之民的悲痛……”

想至此处，陈独秀道：“希望人们在厌倦之后，应当继之以觉悟，所谓‘纯正之自觉’，便在此刻萌生矣。”他看李大钊一眼，又道：“文逢绝境多绝唱，旷世哀音出断肠。大钊先生的批评，符合实际，且未失偏颇。”言毕，欠身鞠躬。

李大钊忙不迭起身回礼，道：“岂敢岂敢。独秀先生能屈能伸，敢于向真理投降，乃真勇士也。”

一番话逗得三人齐声大笑。相谈甚欢，很是愉悦。

李大钊道：“仲甫先生对于救国救民，有何高见？”

陈独秀沉吟片刻，方才开口，将其沉谋研虑已久之想法，一五一十，缕述分明。道：“只有科学与民主，才是驱散中国大地沉沉暗夜的两盏明灯。若没有民主，便没有进步，更妄谈革命。

若没有科学，便无可生存，势必要亡国。”愤愤然又道：“国人欲摆脱蒙昧时代，羞为浅化之民，急起直追，当以科学与人权并重，高举科学与民主两面大旗，冲击孔教。”

他说一句，李大钊便点一点头，表示心领神会。而此番话，恰是李大钊日日霞思天想。听至兴起，不由为之喝彩，道：“仲甫兄所言极是。如若我中国四万万同胞能明白此民主与科学之重要性，便可安内攘外。拔本塞源，乃关键之所在。”

章士钊在一旁笑而不语。李大钊掸眼看他，道：“行严兄有何高论，不妨也说来听听。”

章士钊笑向陈独秀道：“别卖关子，想必仲甫兄已然胸有成竹。快说说！”

李大钊与章士钊默然相视，陈独秀沉默良久，方道：“我不日将启程回国。回上海创办属于自己的杂志，名字暂定为《青年》。”

章士钊看向李大钊，道：“正应了守常兄那句，奋生花之笔，扬木铎之声。”几乎就在那一霎眼的功夫，已然作出决定，将《甲寅》杂志由东京带至上海去办，望着陈独秀的背影，又道：“宣传民主与科学，阵地当多多益善。”

陈独秀于窗前伫立凝望。

此时的日本，已近深秋。寒霜冷雨即将来临。整个大时代骤然间风云突变，推杯换盏之间，属于每一个人的命运，也即将从此时此刻起，完全而彻底地改变了……

第三章
《新青年》杂志与“新青年”

杂志更名

1914年。春夏之交。

反袁运动失败，是年7月，陈独秀应章士钊之邀前往日本，与谷钟秀等人协助其编辑《甲寅》月刊杂志。陈独秀一生中五次东渡日本，而这也是其最后一次赴日。

丈夫再次远行，高君曼（陈独秀的第二任妻子）独自留守家中。尽管有陈独秀的好友汪孟邹不时前来接济，毕竟两个孩子尚且年幼，高君曼夜以继日，不辞辛苦，仍时常捉襟见肘。暑雨祁寒，艰难度日，心爱之人远隔重洋，年深日久，终积劳成瘁。

某日，天未明，高君曼便爬起来，帮人浣洗衣物，可以挣点零钱，贴补家用。趁孩子尚在酣睡，她埋头浣洗。隐约听得院门外有人叫声“君曼”，然而未及开口，忽觉眼前一黑，目眩头昏间一口鲜血喷将出来，倒地人事不知。

汪孟邹在院门外连喊几声，无果，纳罕之中听见孩子的嚎哭声，叫道：“糟了！”飞起一脚将门踹开，抱起面如土色的高君曼火速送往医院。

医生出来，呵责道：“来晚了。”又道：“病人本就体弱，体力透支旷日持久，导致肺疾，且已深入膏肓矣……”

隔年6月，高君曼缠绵病榻，久病不愈。人命危浅之际，陈独秀毅然决定回国。

苏州河在阴影里凝止。

驳船嗡嗡的汽笛声，浑厚而悠长，穿越几条马路，钻入两岸千家万户。

岸边，一位中年男子穿件樱白华丝纱长衫，一顶巴拿马草帽拿在手里，不时徘徊瞻眺。时而纳下头沉默，蹙额摇头，没听清叨咕了一声什么话。此人名叫汪孟邹。特地来接陈独秀。

水流滔滔，总让人觉得生活通向远方，未来有无限可能，然而立于船头之上的陈独秀，想起许多年前坐在乌篷船里听雨声，昏天黑地，正如同自己今时今日之境遇。想到中国四万万同胞，如今同舟一命，沉沦到底。不禁经宿未眠。天明已至码头。

轮船慢慢开过来。靠近，再近，更近。正值上海梅雨季。雨由天而落，来得猝不及防，无穷无尽的雨时密时疏，耳畔隐隐的江水声，孩童的啼哭声，女人的埋怨声，男子的呵斥声，纷乱交杂，一阵又一阵，裹挟而来……

码头岸边那男子翘首以盼，且招手且大声叫道："仲甫，仲甫兄!"

船头之人显然没有听到，只是凝神细想。船停下，待到前来接他的人疾步而来，连叫几声"仲甫"，他始醒过来，抬手挥了一挥，叫声"孟邹兄。"

黄包车早早候于一旁。汪孟邹与陈独秀各自登车，吩咐一声："去往法租界。嵩山路南口吉益里21号。"那车夫一身短打，并不多言，拉了客人一路快跑。

笔者注：有资料称，旧址为嵩山路南口吉谊里21号。然而经多方求证，走访调查，民间有种说法是，嵩山路从未曾有过"吉谊里"一说，而"吉益里"（今太仓路119弄）恰与嵩山路太仓

路口相对。此弄始建于民国。原为旧式里弄，于民国二十三年翻建，沿袭至今。“益”与“谊”，音近易误，故应为“吉益里”。此处存疑，有待更进一步的考证。

位于太仓路与顺昌路与黄陂南路之间的吉益里，昔日旧貌，如今早已踪迹皆无。唯留一排石库门房子，为中国共产党第一次全国代表大会宿舍旧址纪念地所在。整个区域，完全被高耸林立之住宅与写字楼遮蔽。

其时，袁世凯企图恢复帝制贼心不死，北洋政府大力推行复古尊孔之逆行，与民主共和之理念，方枘圆凿，扞格难通。而作为学习并已经开始接受新思潮的知识分子，渊图远算，意在无遗。陈独秀此次回国，下定决心从文化启蒙入手，要从根基之上发动思想革命。

前几日在日本，陈独秀与章士钊等人聊及此事，他说他一到上海，即刻开始着手筹办《青年》杂志。而对于办刊物，陈独秀自然是轻车熟路。眼下当务之急，是急需找到一位合适的发行人。找谁呢？

自打上了船，朝思夕计，陈独秀想到安徽同乡——上海亚东图书馆总经理汪孟邹。汪孟邹是陈独秀多年至交，日后他曾多次对人说过这样的话：“汪孟邹是我的大施主。”言下诙谐之中不无感激之情。而谈及陈独秀与汪孟邹如何相识相交，成为一生的挚友，在此不妨赘述几句。

远在1902年，陈独秀由日本留学回国，来到南京，好友汪希颜热情接待。汪希颜与陈独秀同为安徽老乡，绩溪人士，年长陈独秀六岁，留日时便是好友。有朋自远方来，不亦说乎？

然而，轻尘栖弱草，人生本无常。这年夏天，汪希颜患暴疾，卒时年仅二十九岁。病逝前，汪希颜给在绩溪老家的胞弟汪孟邹去信，介绍“皖城志士陈仲甫”。

汪希颜（1873—1902），学名铸，又名邦佐，安徽绩溪人。系原亚东图书馆创始人汪孟邹的胞兄。我国近现代出版家汪原放的父亲。1897年赴南京就读于南京高等学堂，后转入格致书院。1900年入江南陆师，并与章士钊、赵伯先等同学。

陈独秀早期写了不少古体诗歌，其中有一首《哭汪希颜》，深情厚谊，引人泪目，现摘录如下：

盛名久已播邯郸，
客路崎岖未识韩。
不及认亲先永别，
徽声犹未别燕丹。
凶耗传来忍泪看，
恸君薄命责君难。
英雄第一伤心事，
不赴沙场为国亡。
历史三千年黑暗，
同胞四百兆颠连。
而今世界须男子，
又杀支那二少年。
寿春倡义闻天下，
今日淮南应有人。
说起联邦新制度，

又将遗恨到君身。

1903年冬，汪孟邹在芜湖长街开办科学图书社。卖图书，亦兼卖笔墨纸砚。其时，陈独秀在安庆栉风沐雨，紧张筹办《安徽俗话报》，想跟科学图书社合作发行。风尘仆仆连夜赶至芜湖，一脚踏入科学图书社的门，叫声“孟邹兄”，道：“我希望与你的图书社合作出版发行……”特意写了一副对联挂于堂前，“推倒一时豪杰，扩拓万古心胸。”

1904年，得益于汪孟邹的大力支持，陈独秀创办《安徽俗话报》。为我国近代重要的白话报纸之一，亦为安徽最早负有革命使命的报纸。

生死与共，夜去明来，陈独秀与汪孟邹感情深逾骨肉，成为毕生挚友。

《安徽俗话报》仅办了23期，于1905年停刊。之后，陈独秀便参加暗杀团，创办岳王会，开始从事革命活动。

1913年，“二次革命”失败。时任安徽柏文蔚都督府秘书长的陈独秀仓皇出逃，差点在芜湖丢掉性命。流亡上海避难，用他自己的话说，是“度日如年，一日三餐无着落……”在给章士钊的信中，他说自己只不过“静待饿死而已……”幸而有汪孟邹全面无私的帮扶支持，方可履险蹈难。

此趟陈独秀远道归来，汪孟邹特意为其举办隆重的接风宴。

开席，汪孟邹把酒杯满上，递与陈独秀，道：“仲甫，接下来有何打算？不妨说来听听。”

陈独秀于是将自己打算独立创办一份以“唤醒青年之思想启蒙”为宗旨的新杂志之事，娓娓道来：“需借助外力支持，寻找一个有经济实力，同时又热心于文化事业的出版发行机构……”

见汪孟邹蹙额不语，他又道："在国外所学所见，如何尽快学以致用？如何将他国之先进理念尽快传入国内？能否改变国人愚昧落后之旧况，皆在此举。"看了汪孟邹一眼，望向别处，决然道："让我办十年杂志，全国思想定将改观！"

汪孟邹听罢，默无一语，纳下头思索着。

1913 年春，汪孟邹接受陈独秀的建议，将汪希颜的儿子汪原放，由安徽芜湖召来上海，在福州路（原四马路）惠福里办起亚东图书馆。之后迁至河南路平和里。又名"芜湖科学图书社申庄"。员工仅三人，汪孟邹与许潜如（胡适挚友许怡荪的弟弟）与汪原放。

1914 年春，因为翻造房子，又从平和里迁至江西路口福华里。然而迁来迁去，亚东图书馆始终未曾跳脱过逼仄阴暗的弄堂，陈独秀对此颇为不满与不屑，几次劝说汪孟邹，道："你要死，只管还缩在弄堂里，你要活，便一定要走出弄堂，上大马路……"言下慨然之中带了一丝凄然，恨铁不成钢似的。

此刻，听得陈独秀这一番话，汪孟邹并非不愿意给他出资办杂志，然则眼下的亚东图书馆，开业不久，尚未盈利，资金并不富裕，恐怕一时难以周转。他看着谈起办杂志来便意得志满、谈笑自若的陈独秀，实在不忍拒绝。踌躇间忽听得身后有人且笑且谈，一个对另一个道："虽说眼下多事之秋，生意赔多赚少，然而关键是方向。目标瞅准，还怕没钞票可赚？"

汪孟邹心里便已经十拿九稳，掉转身来招呼一声"子沛兄！"接着叫声"子寿兄！"陈独秀接踵相从，跟在他后面，走过来立于一旁。

汪孟邹笑向陈独秀道："我的两位好朋友。兄弟俩。陈子沛与陈子寿。"举杯笑向陈氏兄弟，又道："仁兄的'群益书社'，生意火噢！”

那陈氏兄弟听闻汪孟邹此言，喃喃自谦一句什么话，微笑致意。

汪孟邹将陈独秀往跟前让了一让，道：“这位是陈独秀君。鄙人同乡，至交。”又道：“仲甫兄乃真英雄也……”听到“陈独秀”三个字，陈氏兄弟心里先自震了一震，道：“久仰久仰。久闻陈先生大名。”

汪孟邹紧张的神经方才松弛下来，随将陈独秀刚才所讲办杂志之事，来因去果，一五一十，详述分明。言毕，陈子沛道：“好事情。”与其兄四目相视，陈子寿亦道：“一句话的事！势必鼎力支持。”跟陈独秀约定，去“群益书社”进一步详谈。

隔日，陈独秀与汪孟邹绝早起来，赶往群益书社拜访陈氏兄弟。终遂心如意。陈氏兄弟答应承担《青年杂志》的发行。

1915年9月15日，《青年杂志》在法租界环龙路渔阳里2号（今南昌路100弄2号），亦即陈独秀彼时之住处，悄然诞生。陈独秀任主编，并亲自撰稿。

《青年杂志》第1卷第1号首页，陈独秀发表创刊词《敬告青年》，号召青年们战胜恶社会，解放思想，与旧传统旧思想彻底决裂。原文如下：

> 窃以少年老成，中国称人之语也；年长而勿衰（Keep young while growing old），英、美人相勖之辞也，此亦东西民族涉想不同、现象趋异之一端欤？青年如初春，如朝日，如百卉之萌动，如利刃之新发于硎，人生最可宝贵之时期也。青年之于社会，犹新鲜活泼细胞之在人身。新陈代谢，陈腐朽败者无时不在天然淘汰之途，与新鲜活泼者以空间之位置

及时间之生命。人身遵新陈代谢之道则健康，陈腐朽败之细胞充塞人身则人身死；社会遵新陈代谢之道则隆盛，陈腐朽败之分子充塞社会则社会亡。

准斯以谈，吾国之社会，其隆盛耶？抑将亡耶？非予之所忍言者。彼陈腐朽败之分子，一听其天然之淘汰，雅不愿以如流之岁月，与之说短道长，希冀其脱胎换骨也。予所欲涕泣陈词者，惟属望于新鲜活泼之青年，有以自觉而奋斗耳！

自觉者何？自觉其新鲜活泼之价值与责任，而自视不可卑也。奋斗者何？奋其智能，力排陈腐朽败者以去，视之若仇敌，若洪水猛兽，而不可与为邻，而不为其菌毒所传染也。

呜呼！吾国之青年，其果能语于此乎！吾见夫青年其年龄，而老年其身体者十之五焉；

青年其年龄或身体，而老年其脑神经者十之九焉。华其发，泽其容，直其腰，广其膈，非不俨然青年也；及叩其头脑中所涉想，所怀抱，无一不与彼陈腐朽败者为一丘之貉。其始也未尝不新鲜活泼，寖假而为陈腐朽败分子所同化者，有之；寖假而畏陈腐朽败分子势力之庞大，瞻顾依回，不敢明目张胆作顽狠之抗斗者，有之。充塞社会之空气，无往而非陈腐朽败焉，求些少之新鲜活泼者，以慰吾人窒息之绝望，亦杳不可得。

循斯现象，于人身则必死，于社会则必亡。欲救此病，非太息咨嗟之所能济，是在一二敏于自觉、勇于奋斗之青年，发挥人间固有之智能，抉择人间种种之思想，——孰为新鲜活泼而适于今世之争存，孰为陈腐朽败而不容留置于脑里，——利刃断铁，快刀理麻，决不作牵就依违之想，自度度人，社会庶几其有清宁之日也。青年乎！其有以此自任者乎？若夫明其是非，以供决择，谨陈六义，幸平心察之。

自主的而非奴隶的

等一人也，各有自主之权，绝无奴隶他人之权利，亦绝无以奴自处之义务。奴隶云者，古之昏弱对于强暴之横夺，而失其自由权利者之称也。自人权平等之说兴，奴隶之名，非血气所忍受。世称近世欧洲历史为“解放历史”——破坏君权，求政治之解放也；否认教权，求宗教之解放也；均产说兴，求经济之解放也；女子参政运动，求男权之解放也。

解放云者，脱离夫奴隶之羁绊，以完其自主自由之人格之谓也。我有手足，自谋温饱；我有口舌，自陈好恶；我有心思，自崇所信；绝不认他人之越俎，亦不应主我而奴他人；盖自认为独立自主之人格以上，一切操行，一切权利，一切信仰，唯有听命各自固有之智能，断无盲从隶属他人之理。非然者，忠孝节义，奴隶之道德也（德国大哲尼采）别道德为二类：有独立心而勇敢者曰贵族道德（Morality of Noble），谦逊而服从者曰奴隶道德（Morality of Slave）；轻刑薄赋，奴隶之幸福也；称颂功德，奴隶之文章也；拜爵赐第，奴隶之光荣也；丰碑高墓，奴隶之纪念物也；以其是非荣辱，听命他人，不以自身为本位，则个人独立平等之人格，消灭无存，其一切善恶行为，势不能诉之自身意志而课以功过；谓之奴隶，谁曰不宜？立德立功，首当辨此。

……

陈独秀对青年提出六点希望与要求——自由的而非奴隶的，进步的而非保守的，进取的而非退隐的，世界的而非锁国的，实利的而非虚文的，科学的而非想象的。斐然成章，笔翰如流。

新杂志切中时弊，审时度势，立时引得读者蜂拥而至，大受热捧。发行量扶摇直上，一度洛阳纸贵。

好事多妨。麻烦接踵而至。

不几日，“群益书社”接到上海基督教青年会来信，指责《青年杂志》与其《上海青年》周报名字相差无几，容易使人混淆。勒令其尽快更名，如若不然，后果自负，态度十分强硬。

陈氏兄弟即刻联系陈独秀，攒眉道：“夜长梦多。艰屯之际，切勿别生枝节……”建议杂志改名。

汪孟邹于1916年3月3日的日记里有这样的文字记载——“子寿拟将《青年杂志》改名为《新青年》，来商于仲（指陈独秀的字，仲甫），仲与予均表赞同也……”

陈独秀忖度之下，从第二卷开始，将《青年杂志》更名为《新青年》。

隔日，汪孟邹前来探望，一路惴惴难安，担心陈独秀因为杂志更名一事而心生不悦，殊不料，一见面陈独秀首先开口，道：“新青年与旧青年间，有绝对的鸿沟。我主张新青年要身体强壮，斩尽做官发财思想，自力创造幸福，不以个人幸福损害国家社会……”汪孟邹听得欣然，一颗悬着的心方才落定，道：“《新青年》名字反而更加响亮。提倡新思想新文化，服务于新青年。好！”抚掌大笑。

万象更新的《新青年》，就此惊雷一声紧接一声，大力宣传“德先生”（democracy）与“赛先生”（science）。号召青年反对旧道德旧文化，提倡新道德新文化。高擎“文学革命”大旗，反对文言文，提倡白话文与新文学。刹那间备受社会瞩目，很快便成为全国新文化运动中心。

众青年才俊齐声为《新青年》呐喊

1915 年 9 月 15 日，陈独秀在上海创办《青年杂志》，坚定地表明立场——“本志同人本来无罪……要拥护那德先生，便不得不反对孔教、礼法、贞节、旧伦理、旧政治。要用那赛先生，便不得不反对国粹和旧文学……”迅速引发一批以思想启蒙为使命，诸如胡适、高一涵等人的热烈响应，随即稿件接踵而至。

1917 年，《新青年》编辑部随陈独秀迁至北京。

其时，鲁迅还在教育部工作。上班下班，两点一线，平淡的生活枯燥而寂然。

而在陈独秀之前，钱玄同与沈尹默，已经在北大任教。1917 年，夏末秋初，活跃上海文坛多年的刘半农，经陈独秀推荐，入北大任预科国文教员。是年 9 月，受蔡元培之邀，从美国留学归来的胡适，回皖南绩溪省亲后亦抵达北大，任文科教授。11 月，李大钊由日本回国，入北大，隔年年初，接替章士钊任北大图书部主任。

一时间，人中翘楚，国士无双之精英才俊，纷纷接踵相从，不约而合加盟《新青年》。杂志社遽然间成为北大乃至全国思想文化界的漩涡中心。

1917 年 10 月。某日，钱玄同收到刘半农来信，信中写道：“仲甫兄运筹帷幄，胡适之能谋善断，加上我与德潜兄，权且算作是《新青年》的四大当家台柱子……然纵使吾四人学富五车，才兼文雅，自信天下一支笔，文亦纵横，武亦纵横，毕竟不及众人拾柴火焰高……”又道：“深图远虑，还望德潜兄多想想办法，可否另外再多请些名角来帮忙……”，以期“能压得住阵”。

刘半农的这一动议，不经意间提醒了钱玄同，铭刻肺腑，即刻行动起来。

其时，供职于教育部的鲁迅，在思想认知与社会角色认同等诸多方面，心境基本等同于一个悲观主义者。他与任何杂志报刊，均不即不离，刻意保持某种疏离状态。正如鲁迅自己所言："只是我自己的寂寞是不可不驱除的，因为这于我太痛苦。我于是用了种种方法，来麻醉自己的灵魂，使我沉入于国民中，使我回到古代去……"先生口中所谓之"法"，便是在古籍佛经与碑帖墓志与拓本中，寻求一丝自我慰藉。

鲁迅曾取笔名"唐俟""俟堂"，言下直指黑暗绝望之中的中国，无异于一座"待死堂"。

星移斗转，时事瞬息万变。

1917年4月，周作人由故乡绍兴，先水路，后旱路，辗转至京。

惊蛰才过。细雨绵密不绝，冷风尽显凄凉。料峭清寒时节，周作人经鲁迅向蔡元培推荐，9月初即将出任北大国文系教授。

周氏兄弟同住于北京西城区宣武门外"南半截胡同7号"，即绍兴会馆。鲁迅日后在《呐喊》自序中曾写下这样的文字——"S会馆里有三间屋，相传是往昔曾在院子里的槐树上缢死过一个女人的，现在槐树已经高不可攀了，而这屋还没有人住。许多年，我便寓在这屋里抄古碑……客中少有人来。古碑中也遇不到什么问题和主义，而我的生命却居然暗暗的消去了，这也就是我惟一的愿望。夏夜，蚊子多了，便摇着蒲扇坐在槐树下，从密叶缝里看那一点一点的青天，晚出的槐蚕又每每冰冷的落在头颈上……"

二弟初来乍到，人地两生，然而就是在这间阴郁破败的寓所里，借着头顶一盏昏黄小灯，兄弟俩天南地北地畅谈，偶然聊及《新青年》。

鲁迅想起什么来似的，书桌上有几本《新青年》杂志，拿过来递于周作人，道："许寿裳告诉我的，近来有这么一种杂志，名气大得很，所以买了来……"

而在此之前，鲁迅就曾寄过这本杂志到绍兴家中。在1917年1月19日的《鲁迅日记》上，曾有这样的文字记载："上午寄二弟《教育公报》二本。《青年杂志》十本。作一包……"从陈独秀创办这本杂志伊始，其关注已久。

窗外，月色逾明。远远的有一只乌鸦，哑哑叫着，由窗前飞掠而过。凄清的四九城的天空，明星渐稀，隐隐地听见荒鸡四啼，再无任何声响。

周作人接过《新青年》随意翻阅，纳下头道："更名为《新青年》，名声大暴。文中观点你以为如何？说说无妨。"

鲁迅先是沉默，而后转述好友许寿裳的话，道："这里边颇有些谬论，可以一驳……"

周作人淡然一笑，叨咕一声："谬倒也没有什么谬，虽然也并不怎么对……"兄弟俩暂且都没有给《新青年》杂志撰文写稿的兴致。

兄弟二人且说且笑，日出东方，已渐渐高至树梢。不觉间聊了个通宵。此刻方觉神昏体倦，随匿面向壁，各自昏沉沉睡去。

南半截胡同4号（旧址。现为7号），彼时之旧居院中，尚有一棵古槐树。现无存。但院落与昔日景致大体相近，成为一处文物保护单位。

再往早前追溯，胡同南端，至米市胡同一带，为清康熙时礼部尚书王崇简及其子大学士王熙时之别业——怡园旧址。重金聘请清代造园叠山艺术高手张然所造。园内叠石凿池，栽花植木逾二十余景，为清初具有江南宅第园林特色的名园之一。

18 岁离家的鲁迅，早已习惯“走异路，逃异地，去寻求别样的人们”。

1912 年 5 月，32 岁的鲁迅，经好友许寿裳介绍，任职民国政府教育部。乘船抵京，便落脚于“绍兴会馆”。头一夜，几十只臭虫蠕蠕而动，叮咬实在厉害，根本无法成眠，只好挪至大方桌上对付一宿。这一住，便是 7 年……

鲁迅（1881—1936），曾用名周樟寿，后改名周树人，字豫山，后改豫才。浙江绍兴人。曾留学日本仙台医科专门学校（肄业）。“鲁迅”是其 1918 年发表《狂人日记》时所用名，亦是影响最为广泛的笔名。五四新文化运动的重要参与者。中国现代文学的奠基人。毛泽东曾评价，“鲁迅的方向，就是中华民族新文化的方向。”

周作人（1885—1967），原名櫆寿，又名奎绶，后改名作人。字星杓，笔名遐寿、仲密、岂明，号知堂、药堂、独应等。浙江绍兴人。鲁迅（周树人）之弟，周建人之兄。历任国立北京大学教授、东方文学系主任，燕京大学新文学系主任、客座教授。新文化运动中是《新青年》的重要同人作者，并曾任“新潮社”主任编辑。

许寿裳（1883—1948），字季茀，号上遂，浙江绍兴人。早年就读绍郡中西学堂和杭州求是书院。1902 年以浙江官费派往日本留学，入东京弘文学院补习日语，与鲁迅、厉绥之相识，成为

终身挚友。

述及鲁迅真正走近并走进《新青年》，最积极有力的督促者，当属《新青年》同仁钱玄同与刘半农二君。

钱玄同（1887—1939），原名钱夏，字德潜，又号疑古、逸谷。常效古法将号缀于名字之前，称为疑古玄同。五四运动前夕改名玄同。浙江吴兴（今浙江湖州）人。

话说钱玄同留日之时，与周氏兄弟师从章太炎学文字学，颇得章氏雄辩之真传。钱玄同在 1915 年 1 月 31 日的日记里有这样的文字记载——“今日，尹默、幼渔、我、坚士、逖先、旭初、季茀、预（豫）才八人公宴炎师于其家，谈宴甚欢。”此为被北洋政府幽禁于寓的章太炎在门警撤去后，师生的首次聚会。但在同一天的鲁迅日记中，仅寥寥数字，简而言之，道：“午前同季茀往章先生寓，晚归。”

同年 2 月 14 日，钱玄同日记复写道——“晚餐本师宴，同座者为尹默、逖先、季茀、豫才、仰曾、夷初、幼渔诸人。”一望而知，彼时在京的章门弟子，常有聚会，尽欢而散。

蔡元培与陈独秀未到北大之前，钱玄同专注于研读语言文字学，而从钱玄同与周氏兄弟彼此的日记来看，三人在 1915 年至 1917 年的上半年间，似乎鲜少往来（1916 全年，钱玄同日记与鲁迅日记，均无任何相关文字记载）。

时移俗易。

时间走至 1917 年夏，事情突然间有了变化，正可谓云泥天壤之别。

是年8月9日，钱玄同首次登门拜望周氏兄弟。鲁迅在当天的日记中这样写道："晴，大热。下午钱中季来谈，至夜分去。"甚为可惜的是，同期的钱玄同日记缺失。

是日，周作人日记则更为详尽——"钱玄同君来访不值，仍服规那丸。下午钱君又来，留饭……（此处字迹模糊不清）谈至晚十一时去。"

8月17日，鲁迅日记有文字记载："晚钱中季来。"周作人日记亦记一笔："晚钱君来谈。"

8月27日，鲁迅日记记载："晚钱中季来。夜大风雨。"而周作人日记则更为详尽："晚玄同来，谈至十一点半去。夜风雨。"

更深人静，磅礴夜雨，钱玄同冒雨而归。笔者不禁掩卷闭目，不难想象，三人相谈甚欢之情景，清晰如在眼前。

9月24日，钱玄同日记："晚八时顷，访豫才兄弟。"

此后，钱玄同或独自前来，或与刘半农一道，屡屡造访。来了便不急不缓，苦口相劝，不厌其烦。

待蔡元培执掌北大，钱玄同意识到新文化的力量不可小觑，尤其赞赏陈独秀的才华，而陈独秀亦十分欣赏钱玄同为人坦荡与率真。彼此志趣相投。

钱玄同日后曾回忆道："民国六年，蔡孑民（元培）先生任北京大学校长，大事革新，聘陈仲甫（独秀）君为文科学长。胡适之（适）君及刘半农（复）君为教授。陈、胡、刘诸君正努力于新文化运动，主张文学革命。启明亦同时被聘为北大教授。我因为我的理智告诉我，旧文化之不合理者应该打倒，文章应该用白话做，所以我是十分赞同仲甫所办的《新青年》杂志，愿意给它当一名摇旗呐喊的小卒……"又道："我认为周氏兄弟的思想，是国内数一数二的，所以竭力怂恿他们给《新青年》写文章……”继续道：“民国七年，一月起，就有启明（周作人）的文章，那是《新青年》第四卷第一号。接着第二、三、四诸号都有启明的文章。但豫才（即鲁迅）则尚无文章送来。我常常到绍兴会馆去催促，于是他的《狂人日记》小说居然做成，而登在第四卷第五号里了。自此以后，豫才便常有文章送来，有论文、随感录、诗、译稿等，直到《新青年》第九卷止（民国十年下半年）……”（参见钱玄同：《我对周豫才君之追忆与略评》。）

往事历历可数，如在昨天。

然则鲁迅最终决定踏上新文学之路，得以充分体现在“鲁迅日记”中，不断地出现“钱玄同偶或来谈”：

1918年2月9日“晚钱玄同来”。

15日“夜钱玄同来”。

23日“钱玄同来”。

28日“夜钱玄同来”。

3月2日“夜钱玄同来”。

18日“夜钱玄同来”。

28日“夜钱玄同来”。

4月5日“晚钱玄同、刘半农来”。

21日“夜钱玄同来”。

26日“晚钱玄同来”。

周作人日记则记载更为具体。

1918年2月9日下午“玄同来谈，十二时去”。

15日“晚玄同来谈，十二时后去”。

23日晚“玄同来谈，至一时去”。

28日“晚玄同来谈”。

3 月 2 日“晚玄同来谈，十二时去”。

18 日晚“玄同来谈”。

28 日“晚玄同来谈，十二时去”。

4 月 5 日“玄同半农来谈，至十二时去”。

17 日“以译文交予玄同”。

21 日“晚玄同来谈，至十二时半去”。

26 日“晚玄同来谈，十二时半去”。

钱玄同于同年 9 月 24 的日记中有这样的文字：“晚八时顷访豫才兄弟……”。

六日后，逢中秋节，《鲁迅日记》中的文字别有一番滋味，道：“朱蓬仙、钱玄同来……旧中秋也，烹鹜沽酒作夕餐，玄同饭后去。月色颇佳。”

仔细查阅鲁迅先生写于 1918 年间 2、3、4 各月的日记，发现钱玄同共造访不下十次，且均在夜间。

夜深巷静，护院犬狂吠，以至鲁迅在《呐喊》自序中亦曾留有活神活现之描述——造访者“因为怕狗，似乎心房还在怦怦的跳动……”阖目凝思，想那钱玄同，其“胖滑”之态不失可爱，其殷殷求文之情，逸趣横生，跃然纸上，诙谐之中亦不乏一丝感动。

其时，见证过辛亥革命与二次革命，亦经历过袁世凯称帝与张勋复辟，鲁迅对这世界早已黯然神伤，万念俱消。这颓丧之感受似曾相识，时间转至十几年前的夏天。

1906 年。鲁迅决定弃医从文，投身文学事业。企望以“文艺的力量”来唤醒愚弱的国民，借此拯救危如累卵之中的祖国。

隔年夏，周氏兄弟与许寿裳等人，集合有志之士，策划创办文学杂志——《新生》。然彼时之日本东京留学界，对于国难当头，却不乏冷眼旁观漠然置之者，鲁迅无奈怆然道：“《新生》的出版之期接近了，但最先就隐去了若干担当文字的人，接着又逃走了资本，结果只剩下不名一钱的三个人……创始时候既已背时，失败时候当然无可告语，而其后，却连这三个人也都为各自的运命所驱策，不能在一处纵谈将来的好梦了……”《新生》朝生夕死，使得鲁迅的文学救国梦，未曾开始，便已经悄然破灭。（参见《鲁迅文集》中《呐喊》自序。）

多年后，鲁迅在《呐喊》自序中，亦曾记述与钱玄同的一段对话。经典之所以成为经典，万载千秋，不仅是因其再难重现，更因其为后来同类的东西，奠定夯实了基础。此刻读来，言犹在耳，仍掷地有声。不妨摘录如下：

> 那时，偶或来谈的是一个老朋友金心异（指钱玄同），将手提的大皮夹放在破桌上，脱下长衫，对面坐下了，因为怕狗，似乎心房还在怦怦的跳动。
>
> “你钞了这些有什么用？”有一夜，他翻着我那古碑的钞本，发了研究的质问了。
>
> “没有什么用。”
>
> “那么，你钞他是什么意思呢？”
>
> “没有什么意思。”
>
> “我想，你可以做点文章……”
>
> 我懂得他的意思了，他们正办《新青年》。然而那时仿佛不特没有人来赞同，并且也还没有人来反对，我想，他们许是感到寂寞了，但是说：
>
> “假如一间铁屋子，是绝无窗户而万难破毁的，里面有许多熟睡的人们，不久都要闷死了，然而是从昏睡入死灭，并

不感到就死的悲哀。现在你大嚷起来，惊起了较为清醒的几个人，使这不幸的少数者来受无可挽救的临终的苦楚，你倒以为对得起他们么？”

“然而几个人既然起来，你不能说决没有毁坏这铁屋的希望。”

鲁迅又写道：“是的，我虽然自有我的确信，然而说到希望，却是不能抹杀的，因为希望是在于将来，决不能以我之必无的证明，来折服了他之所谓可有，于是我终于答应他也做文章了，这便是最初的一篇《狂人日记》。从此以后，便一发而不可收……”启聩振聋。鲁迅亦感受到《新青年》此刻正处于孤掌难鸣之悲悯与凄凉之境。

那“怕狗”的金心异（即钱玄同），仍旧锲而不舍，不断造访，目的只有一个，那就是要说服鲁迅为《新青年》撰文。精诚所至，金石为开，终究是打断了鲁迅“埋头抄写古碑的兴致”，而“终于答应他做文章了……”

周作人于4月17日“交予玄同”的“译文”，应该是发表于1918年5月15日《新青年》第4卷第5号上的《贞操论》（原著作者为与谢野晶子）。

同期《新青年》上，鲁迅首发小说《狂人日记》，意在“暴露家族制度和礼教的弊害”的小说。殊不料，钱玄同不断“催逼”之下得来的硕果，更成为中国新文学史上的开山之作，影响鸿远。

同期，鲁迅以“唐俟”笔名作三首新诗，《梦》《爱之神》《桃花》。

5月29日，鲁迅写信给许寿裳，道：“《新青年》第五期大约不久可出，内有拙作少许。该杂志销路闻大不佳，而今之青年皆比我辈更为顽固，真是无法……”二人频通鱼雁，不日来回。

再以后，鲁迅在《自选集》自序中这样写道：“我的作品在《新青年》上，步调是和大家大概一致的，所以我想，这些确可以算作那时的‘革命文学’……”

而彼时之“革命的前驱者”，自然非陈独秀莫属。

鲁迅不只为《新青年》写小说，写新诗，还写下诸如《我之节烈观》《我们现在怎样做父亲》等具有批判旧道德观念的时效性论文。在《随感录》专栏发表多篇针对性极强的论战文章。

鲁迅在《热风》题记中写下这样的文字——“记得当时的《新青年》是正在四面受敌之中，我所对付的不过一小部分……”而在这一小部分里，“有的是对于扶乩，静坐，打拳而发的。有的是对于所谓保存国粹而发。有的是对于那时旧官僚的以经验自豪而发的。有的是对于上海《时报》的讽刺画而发……”

周氏兄弟由此彻底成为《新青年》杂志的同道中人。一发而锐不可当，势如破竹。

从1918年5月15日《新青年》第4卷第5号始，截至1921年8月1日第9卷第4号止，鲁迅共写下小说5篇、论述2篇、“随感录”杂感27篇、新诗6首、译作3篇、通信1篇，总计50余篇文稿。

而聊及鲁迅笔下的5篇小说——《狂人日记》《孔乙己》《药》《风波》《故乡》，皆与陈独秀有关。鲁迅在《我怎么做起小说来》一文中，曾这样写道——“《新青年》的编辑者，却一回一回的来催，催几回，我就做一篇，这里我必得记念陈独秀先生，他是催促我做小说最着力的一个……”陈独秀不但再三催促其写稿多多益善，更建议鲁迅出小说集。

在给周作人的信中，陈独秀这样写道——“豫才兄的小说，实在有集拢来重印的价值，请你问他，倘以为然，可就《新潮》《新青年》剪下，自加订正，寄来付印……”

鲁迅的小说大好，且以白话小说的形式，“暴露家族制度和礼教的弊害”，陈独秀极为欣赏，兴奋之余提笔写信给周作人，道：“豫才兄做的小说，我实在五体投地的佩服……”之后，又鼓励鲁迅多为《新青年》写“随感录”杂文，并特邀鲁迅参加《新青年》编辑会。而最初的这个栏目，只陈独秀独自一人，撰文兼编辑，为此他亦曾写信给周作人，道：“随感录本是一个很有生气的东西，现在我一个人独占了，不好不好，我希望你和豫才、玄同二位有功夫都写点来……”

日后，鲁迅与人谈及陈独秀，曾这样评价：“假如将韬略比作一间仓库罢，独秀先生的是外面竖一面大旗，大书道：‘内皆武器，来者小心！’但那门却开着的，里面有几枝枪，几把刀，一目了然，用不着提防……”寥寥数语，便已将陈独秀之性格与特质，勾勒得可谓形神俱佳。

彪炳千秋《新青年》，暗夜中的一道闪电

1915 年 9 月 15 日，《青年杂志》由陈独秀于上海创刊，综合性文化月刊，每期约 100 页，6 期为 1 卷。

1915 年 9 月 17 日，留学美国康奈尔大学的胡适，在《送梅觐庄往哈佛大学诗》中这样写道——“神州文学久枯馁，百年未有健者起。新潮之来不可止，文学革命其时矣……”文学革命，亘古未有，如今开天辟地，就这样在大洋彼岸被提出来。

是时，众多的留美中国学生听说此言，七嘴八舌，很有些惶惑，慨叹其咄咄怪事，简直是异想天开。而对于耳畔之嗤笑哗然，胡适只是沉默，扪心自问："知我乎？罪我乎？"他索性再作诗一首，权且当做对周遭一切异声的回答。诗中有一句——"诗国革命何自始？要须作诗如作文。"

隔日，胡适写信给安徽同乡梅光迪。二人对于复兴古学与孔教，以及文学革命方面，常有相当深入的探讨。胡适深信，深谙西洋文学史的梅光迪，决然不会如市井庸愚之流，情悖于理，说出荒谬之语。

果不其然，梅光迪很快便复信，道："骤言俚俗文学，必有旧派文学家讪笑攻击。但吾辈正欢迎其讪笑攻击耳……"

胡适特作诗一首：

神州文学久枯馁，
百年未有健者起。
新潮之来不可止，
文学革命其时矣！
吾辈誓不容坐视，
且复号召二三子。

胡适"文学革命"的口号，立时引发国内陈独秀声求气应，他坚信："文学者，国民之最精神之表现也。"

梅光迪（1890—1945），字迪生、觐庄，安徽宣城人。学衡派创始人。中国首位留美文学博士。

隔年2月3日，胡适写信给陈独秀，话题自然与“文学革命”有关。信中写道：“今日欲为祖国造新文学，宜从输入欧西名著入手，使国中人士有所取法，有所观摩，然后乃有自己创造之新文学可言也……”

8月13日，陈独秀回复胡适，赞叹道：“尊论改造新文学意见，甚佩甚佩……”然其心心念念为《青年杂志》约稿，又道：“足下功课之暇，尚求为《青年》多译短篇名著，若《决斗》者，以为改良文学之先导……”一个一门心思只求“造新文学”，远隔重洋的那另一个，则决心“文学革命”，二者心领意会，字字句句，尽在不言中。革故鼎新的文化使命，悄然在彼此的心间深深扎根。

《青年杂志》首卷，至1916年2月15日止，共刊发6期。而最初的发行量并不看好，仅1 000多份。群益书社于举步维艰之中勉强维持。后因战事停刊。

停刊半年后，《青年杂志》复刊。1916年9月1日，改名《新青年》。封面醒目地印有“陈独秀主撰”黑体字。陈主编登报广而告之——“来稿无论或撰或译，一经选登，奉酬现金。每千字（译文）二圆至（撰文）五圆”。

新刊因为发表胡适著《文学改良刍议》与陈独秀著《文学革命论》，销路大暴，热拥之下不断再印，仍供不应求。

同年10月1日，《新青年》第2卷第2号，将胡适于8月21日写给陈独秀的信，部分原文刊登于头版头条——“……年来思虑观察所得，以为今日欲言文学革命，须从八事入手。八事者何？一曰，不用典。二曰，不用陈套语。三曰，不讲对仗。（文当废骈，诗当废律）。四曰，不避俗字俗语。（不嫌以白话作诗词)。五曰，须讲求文法之结构。此皆形式上之革命也。六曰，不作无病之呻吟。七曰，不摹仿古人，语语须有个我在。八曰，须言之有物。此皆精神上之革命也……”

陈独秀则给胡适以隔空回应，复道：“承示文学革命八事，除五、八二项，其余六事，仆无不合十赞叹，以为今日中国文界之雷音。”言下深感欣慰之余，难掩一丝兴奋，又道：“……海内外讲求改革中国文学诸君子，倘能发为宏议，以资公同讨论，敢不洗耳静听……”

10月5日，觅得同心合意之人的陈独秀，总觉胸中尚有万语千言，急需一吐为快，于是再次致信胡适，将自己对文学革命寄以热切渴盼之情，一五一十，细述分明。信中重点提到一句：“文学革命，为吾国目前切要之事。”并再次恳请胡适给自己的《青年》杂志助力，又道：“望适之兄切实作一改良文学论文，寄登《青年》，均所至盼……”

霎眼间，一年将尽。

陈独秀日夜为《新青年》如何得以蓬勃发展而四处奔忙。这日，办完事返回的路上，途经一所学校。隔着院墙，校园里高高生长着的大树上不见一片叶子，萧杀的灰褐色枝杈，背后一片灰白色的天，将朔风中微欹的树干映成了灰绿色，反倒觉出一丝春意来。

11月底，为亚东图书馆招股扩大书局事宜，陈独秀与汪孟邹赴京。恰逢蔡元培即将上任北大校长，正为聘用文科学长之事而犯愁，这便有了后来经沈尹默与汤尔和的极力推荐，加之蔡元培本来早已熟知陈独秀其人其事，三顾茅庐后请陈独秀出山之事。此处不再赘述。

陈独秀赴北大上任

1917年1月，陈独秀匆忙返沪，安顿家小。耳畔响起蔡元培临行前千叮万嘱，道："仲甫兄即刻起身赴京，切勿耽搁，北大急等文科学长上任哪。"

妻子高君曼满心欢喜，即将跟着夫君北上，忙着收拾行李，然而想到将陈延年与陈乔年兄弟俩丢在上海，胸中不免惴惴难安，掸眼看一眼陈独秀，道："近一年来，延年跟乔年自食其力，边打工边学习，晚上就住《新青年》编辑部。孟邹听说后，不止一次责怪我，不该把孩子推出家门……"不等陈独秀开口，又道："饿了啃烧饼，渴了喝自来水，从来不伸手找父亲要钱。有骨气！"

早前，陈独秀创办《青年杂志》，将在安庆老家的延年跟乔年接到上海，实为减轻嗣母跟原配高晓岚的压力。其时，延年刚满17岁，乔年13岁。

听罢高君曼此番话，陈独秀在边上帮着递递拿拿，来一句："这个社会本来就险恶，青年人应该吃点苦，吃点苦有好处。"看一眼高君曼，又道："孩子从小不吃苦，将来怎么办？"

高君曼默然了。

陈独秀立于窗前远眺。

新年刚过。法租界内万家灯火。沪上人家的年关，在一阵更鼓声中蔓延开来。谁家的窗子半掩着，从玻璃窗里传来"麒麟童"周信芳的男音，唱的是京剧《萧何月下追韩信》，隐约听得一句"今日里萧何荐良将，但愿得言听计从重整汉家邦，一同回故乡……"这男音对于眼下心慌意乱的现代人而言，着实是一粒定心丸。

进京后，陈独秀住进北大三院学生宿舍隔壁的箭杆胡同9号（现为20号）。房东住西院，陈独秀住东院。

简单收拾妥当，陈独秀望向蔡元培，道："讲好的。先试干三个月，再决定究竟何去何从……"蔡元培只是颔首微笑，他又道："但《新青年》是万万一天不能离身的。"

陈独秀在此地一住三年。北房三间，是陈独秀的办公室，书房跟卧室。南房三间，暂且当做《新青年》编辑部。此地便理所当然地成了新文化运动之大本营，根据地。

月薪300块大洋拿到手，可谓绝渡逢舟，暗室逢灯。陈独秀夫妇困顿的生活不复存在，也从此免去了后顾之忧。正如日后亚东书局的朋友说起往事，道："仲甫兄上任北大学长，远比搞一个大书店，实在要好得多……"

《新青年》背靠文化中心北京大学，名刊地位逐日夯实。给亚东图书馆亦带来新气象。北大委托亚东图书馆作为其在上海的总经销，专门销售北大出版的新书。其时，国内诸多的知名学者，如杨敏曾、钱玄同、程演生、杨昌济、梁漱溟等的著作，亦完全交由亚东经销。《新青年》一直由亚东销售。陈独秀还将日后的《每周评论》，以及《新潮》等，通通都交由亚东负责销售。亚东图书馆声名远扬的同时，亦成为新文化运动的传播阵地。

"箭杆胡同"，位于北京东城区西南部，北池子大街东侧。南北走向。呈"T"字形。南北向一竖的北口，在智德北巷，南口则与东西向的一横相通。东西向一横的西段曲折，东不通行，西口在骑河楼南巷，全长约153米。宽5米许。据有关文字记载，

“箭杆胡同”始称于清光绪年间。

所谓“箭杆”，见字会意。早前人们习惯将做纸活儿的手艺人，尊称为“纸匠”。所从事的活动虽带有一点迷信意味，然其扎制技艺实属民间艺术。集剪纸、雕刻、绘画、竹编与裱糊为一体，一呵而就，是分布极广且历史极为悠久的民间综合艺术。

扎纸工艺，多以竹篾或芦苇或高粱秆为原材料，将其顺直，经特殊烘烤工艺处理之后，扎出所需物什的骨架，再将各色纸张裱糊于表面，最后彩绘完成。而此处所说之“骨架”，与房屋吊顶时所需“龙骨”，均为经加工后的高粱秸秆。亦称“箭杆”。

古院落始于元朝，历经明清至民国，迄今已逾八百年。老北京人大多居住于这种由东西南北，四面朝向的屋子合围而成的四合院里。原胡同如今早已荡然无存，徒留西口凹进去的一小截。灰墙顶端悬挂有“陈独秀旧居”牌匾，记录并见证着 1919 年前后，中国重要的历史时段。

1917 年 3 月至 8 月，《新青年》第 3 卷共出版发行 6 期。第 3 卷第 6 期终刊后，因故中断四月有余。

1918 年 1 月 15 日，《新青年》第 4 卷复刊。出版第 4 卷 1 号。截止至 1918 年 6 月。

其时，杂志的社会效益与经济效益，相得益彰。编辑部进而改组扩大，由李大钊、鲁迅、钱玄同、刘半农、胡适、沈尹默、高一涵、周作人等人，共同参与，实行轮流编辑坐班制。即撰稿人与编辑，大都同为北大同仁，此时已改用白话文撰稿，且使用新式标点。新风新貌新气象，亦使得《新青年》编辑部与北大文科两块金字招牌，同一套人马，事半功倍。

此间，《新青年》相继发表胡适的《文学改良刍议》，鲁迅的《狂人日记》，李大钊的《布尔什维主义的胜利》，以及陈独秀的《本志罪案之答辩书》等，诸篇雄文醒聩震聋，鼎铛有耳。大力鼓吹新文化新思潮，潜濡默化，将“科学与民主思想”带入北大，影响日新月异，并逐渐在全国弥散开来。正可谓，风乍起，吹皱那一池死水……

北大校长蔡元培日后与人聊及陈独秀，道：“自陈独秀君来任学长，胡适之、刘半农、周豫才（鲁迅）、周启明（周作人）等诸君来任教员，而文学革命、思想自由的风气，遂大流行……”（参见蔡元培《我在教育界的经验》）

这一批思想独立的青年学者，齐声为《新青年》摇旗呐喊，不约而合。《新青年》金玉其质，亦使得其社会认知度如同蔓藤交错生长，相辅相成，霎时间饮誉全国。

有细心的读者发现，在第4卷第3期《新青年》上刊登有一则《本志编辑部启事》，道：“本志自第四卷第一号起，投稿章程业已取消，所有撰译，悉由编辑部同人共同担任，不另购稿。其前此寄稿尚未录载者，可否惠赠本志？尚希投稿诸君，赐函声明，恕不一一奉询，此后有以大作见赐者，概不酬。”

《新青年》自第4卷第1号起，改为编辑亲笔撰稿，而不再接受外来投稿。

《新青年》编辑同人的薪资待遇

其时，《新青年》编辑同人大多有教职，薪水丰厚且固定，足以生活无忧。笔者查阅“北京大学教职员在1919年1月到2月份的月薪单”，其中有这样的文字记载——“陈独秀任北大文科学长，月薪300银洋。李大钊任图书馆主任，月薪120银洋……”而关于薪资方面，鲁迅先生在《二心集》序言里，亦自认如此。

笔者注：此处的“元”，均指银元，即大洋。民间俗称“袁大头”。下同。以民国初期的物价推算，彼时的一块大洋，价值约等于今天的人民币250元。到中后时期，随物价上升，货币贬值，一块银元大约相当于现在的人民币100元左右。

1917年7月，时年26岁的胡适由美国返沪，先是回老家绩溪探望阔别已久的母亲。隔月中旬，胡适北上入京，就任北京大学文科教授。讲授中国哲学与英文修辞学课程。

北大给留学归来的年轻教授开出260元的高薪。胡适在9月30日寄给母亲的家书中这样写道——“适之薪金已定每月二百六十圆。教英文学、英文修辞学及中国古代哲学三科……每礼拜共有十二点钟。适现尚暂居大学教员宿舍内，居此可不出房钱。饭钱每月九圆。每餐两碟菜一碗汤……适意俟拿到钱时，将移出校外居住，拟与友人六安高一涵君。”

隔月，胡适调薪至280元。并升职为本科一级教授。

10月25日，胡适写信给母亲报喜，道：“适在此上月所得薪俸为260圆，本月加至280圆……此为教授最高级之薪俸。适初入大学便得此数，不为不多矣。”言下甚为满意，难掩一丝小小得意，又道：“他日能兼任他处之事，所得或尚可增加。即仅有此数亦尽够养吾兄弟全家。及此吾家分而再合，更成一家，岂非大好事乎！”

而与胡适具有类似经历的，还有周作人。

1917年，周作人到北京大学附属国史编纂处做编纂，月薪为

120元。半年后（即1918年），出任北京大学文科（文学院）教授，月薪涨至240元。

1917年5月，北洋政府教育部颁布《修正大学令》，大学教师分为正教授、教授、助教授、讲师四等。正教授从一级到六级，月薪由最高到最低，分别为400元、380元、360元、340元、320元、300元。教授分本科、预科两类。亦各分为六级。本科教授从最高280元到最低180元。预科教授则从最高240元到最低140元，每一等级的差别为20元。助教授分为六级，月薪从最高110元到最低50元。讲师为非常设教席，视难易程度，从2至5元不等。

1919年，受聘而来的胡适、辜鸿铭、沈尹默等，均为北京大学一级教授，月薪为280元。

周作人、钱玄同、杨昌济等为三级教授，月薪为240元。

而作为北京大学校长的蔡元培，属"特任"，由国务会议议决，级别定为"一级校长"，月薪600元。

校长以下为学长（即院长）。根据1917年颁布的《国立大学职员任用及薪俸规程》，分为四级。一级450元，二级400元，三级350元，四级300元。陈独秀为第四级文科学长，月薪为300元。

彼时，鲁迅尚未正式加入《新青年》编辑部，仍任职于中华民国教育部，月薪300元。

鲁迅之所以踌躇难决，究竟是否要加入《新青年》，终给钱玄同的诚信与执着所打动，完全自觉自愿地为《新青年》写稿。笔者经多方考察求证，从1918年至1922年间，此亦即鲁迅创作

《呐喊》《坟》《热风》等作品的高峰时期，翻遍《鲁迅日记》，似乎并未寻得那几年间有过任何一次领取《新青年》稿费的记载，鲁迅似完全属于义务付出。

李大钊任图书馆馆长，根据1919年1月份《北大教职员薪金底册》，其中有文字记载，他的月薪为120元。

为了能使读者可以更进一步更加清晰地了解与认知彼时之京都普通百姓的正常生活水准，我们不妨从留法归来的李书华口中略潜窥一二。

李书华于1922年到北大教书，任物理系教授，月薪为280元。多年后，李书华在“七年北大”一文中，谈及民国时期北大教授的待遇，曾这样写道：“北京生活便宜，一个小家庭的用费，每月大洋几十元即可维持。如每月用一百元，便是很好的生活……可以租一所四合院的房子，约有房屋二十余间，租金每月不过二三十元。每间房平均每月租金约大洋一元……可以雇用一个厨子。一个男仆或女仆。一个人力车车夫。每日饭菜钱在一元以内，便可吃得很好。有的教授省吃俭用，节省出钱来购置几千元一所的房屋居住。甚至有能自购几所房子以备出租者……”

有关资料显示，民国初期，2元钱可买到一袋洋面，4元钱可买整匹布，1元钱可买七八斤肉。彼时之钱可谓相当值钱，而将北京大学置身于民国时期的京城大环境之中，则北大教授之生活优渥，毋庸赘述，了然于目。

李书华（1889—1979），字润章，生于河北省昌黎。物理学家、教育家。毕业于法国巴黎大学。1920年前后，在巴黎从事极化膜渗透性的研究，获得法国国家理学博士学位。主要著作有《科学家之特点及其养育》。

鲁迅曾一度租住在北京砖塔胡同61号。3间正房，月租金为8元。他的女佣包食宿，另再付其月工资2至3元。（见《鲁迅日记》）而鲁迅所购买的另一处房屋，位于西三条胡同21号，四合院，几间房外带一个小花园。今为鲁迅故居。当时售价也不过1 000元。

鲁迅在京时有几大嗜好，“吃酒席，下馆子，再便是看戏”。但鲁迅“不爱看京戏，有时看话剧或电影。进广和楼看文明戏……”（参见《鲁迅日记》1912年6月11日），或者“到真光电影院看电影”。（参见《鲁迅日记》1924年11月30日）

20世纪20年代，老北京将剧场称为“戏园子”。著名的广和楼戏园门票2角，城南游乐园门票2角，电影院（黑白片）票价1至2角。最贵的演出，票价在1元上下。

鲁迅闲来无事，去往中央公园或者北海公园的茶座。公园入门券为铜板20枚。公园设有茶座。茶水1角，点心每盘1角。文明茶园，可以且饮茶且听曲，每人7分钱。而鲁迅尤其喜欢去的地方是琉璃厂，买书买碑帖，淘文物。

翻阅《鲁迅日记》，常见文字记载其与好友聚餐，跟郁达夫、许寿裳等。点一桌两元钱的平民“便席”。四冷荤，以熏鱼跟酱肉跟香肠跟松花蛋拼盘，每盘5分钱。四小炒通常为：熘里脊、鱼香肉片、辣子鸡丁、炒牛肉丝，每盘1角钱。四大碗，多为米粉肉、四喜丸子、红烧鱼块、扣肉等，每碗2角钱。一大件喜欢点整只的红烧猪肘，或整只的白煮鸡。外加一海碗肉汤，折合6角钱。相当丰裕美味的一桌饭菜。十人量。按照平均每人2角钱计，折合今人民币8块钱左右。

《新青年》的编辑兼作者，自行其是，自得其乐，其生活水准远比普通百姓高出几倍甚至十几倍，全无衣食住行之忧。此乃《新青年》第4卷第1号上刊登《本志编辑部启事》之根由所在。

然而，纵使收入甚为丰厚，但以北大清华为代表的文化学者，对于道德自律，则十分严苛。蔡元培先生除了实行学术自由以外，特创办“进德会”，并确立“八戒”会规。摘录如下：

甲种会员，不嫖娼、不赌博、不纳妾。

乙种会员，于前三戒外，加不当官、不做议员二戒。

丙种会员则于前五戒外，再加不吸烟、不酗酒、不伤活物三戒。（笔者注：关于“八戒”之说，今夕往昔，虽稍有出入，但小异大同，并行不悖。）

《新青年》编辑部诸位同仁，绝大多数为“进德会”成员。且自行加入最为起码的甲乙两种会员。他们是封建礼教的破除者，更是现代道德的实施者与推行者。

其时，《新青年》每期轮值的编辑，均可拿到200元编辑费，用以应付业务之需。而彼时之文人，却并未真正打算要以“卖文为生”，这种情况在几年以后，忽而有了最为本质的改变。

1922年前后，五四新文化运动促使愈来愈多的文化人，开始注重稿费跟版税收入。左翼也好，右翼也罢，逐渐涌现出一批纯粹依靠“以写作谋生”，亦即今日所谓“自由撰稿人”。他们完全借笔耕自给自足。后来，更出现诸如文学研究会、创造社、南国社等众多社会团体，纷纷跻身于文化市场。此为后话，此处暂且不提。

极而言之，办杂志，则必须彻底打破经济束缚。《新青年》正因为彻底摆脱并超越了经济的羁绊，从而在根本上，获取了一定的发表权与话语权。

砖塔胡同61号（今“鲁迅故居”所在地）：位于西四丁字路口以西的砖塔胡同，迄今已有700多年的历史。因胡同东口有一座八角七重檐的青灰色砖塔而得名。1923年，鲁迅与周作人反目，从八道湾搬来砖塔胡同61号（现84号），并在此写出《祝福》《在酒楼上》《幸福的家庭》《肥皂》《中国小说史略》等作品。鸳鸯蝴蝶派作家张恨水，曾居住在砖塔胡同43号（今95号），并在此走完了他的人生。1927年，刘少奇随北方局由天津迁到北平，暂住在砖塔胡同四眼井10号的同事家里。

《新青年》引领新文化运动

1917年9月。

中秋节前后的北京城，纤云四卷，天高日晶。正午的太阳直晒下来，脚下的砂砾给晒至泛白。前胸后背暖烘烘的，却并不觉得燥热，反倒使人心目豁朗。

青年胡适由美国归来，在老家陪母亲住了一月有余，几天前进京，今日正式上任北京大学文科教授。时年26岁。

次年1月，陈独秀携手胡适、李大钊、钱玄同、鲁迅、刘半农等一众志同道合来自五湖四海的北大同仁，几经协商讨论，将《新青年》从第4卷1号起，改由轮流编辑（即同人刊物）。共3卷18期。

1918年1月至6月，第4卷的轮值编辑为陈独秀、钱玄同、刘半农、陶孟和、沈尹默、胡适。

1918年7月至12月，第5卷的轮值编辑为陈独秀、钱玄同、刘半农、胡适、沈尹默、陶孟和。

第6卷的轮值编辑为陈独秀、钱玄同、高一涵、胡适、李大钊、沈尹默。其时，由高一涵与李大钊分别替换即将出国访学的陶孟和与刘半农。

有细心的读者发现，有白话新诗首发于《新青年》第4卷第1号上。

这9首诗，分别来自胡适与沈尹默及刘半农笔下。

胡适作白话诗《一念》。

1917年秋冬。胡适寓居于北京竹竿巷，他的家乡有座大山，恰与竹竿有关。日后他曾这样道："今年在北京，住在竹竿巷。有一天，忽然由竹竿巷想到竹竿尖。竹竿尖乃是吾家村后的一座最高山的名字。因此便做了这首诗……"

现不妨将原诗摘录如下：

> 我笑你绕太阳的地球，一日夜只打得一个回旋；
>
> 我笑你绕地球的月亮儿，总不会永远团圆；
>
> 我笑你千千万万大大小小的星球，总跳不出自己的轨道线；
>
> 我笑你一秒钟走五十万里的无线电，总比不上我区区的心头一念。
>
> 我这心头一念：才从竹竿巷，忽到竹竿尖，忽在赫贞江上，忽到凯约湖边；
>
> 我若真个害刻骨的相思，便一分钟绕遍地球三千万转！

诗句不限长短，不拘平仄，完全口语化。近似散文式的分行排比句，读来朗朗上口。文字因附着于情感跌宕，而自然形成音乐节奏与旋律美感。诗人这"一念"，文字表层看似极为抽象，因巧妙地运用反衬法，使得"纯属个人意绪"之刻画，升华为含蕴其中的青年学子对于“文学革命”自由的虔诚礼赞。

同期刊发沈尹默的白话诗《月夜》：

霜风呼呼的吹着，
月光明明的照着，
我和一株顶高的树并排立着，
却没有靠着。

新诗短短四行。凝练精干，寓情于景之中托物咏志。完全打破旧体诗常用的格律，而改用纯熟的白话写成。

其时之华夏大地，背景萧肃森然，民众苟且偷安。孤独的文人学者，不畏严寒，绝不退缩，不妥协，文字更深层地显示出“风云突变之大时代，即将到来，一代青年知识分子，已经觉醒……”

再来欣赏刘半农的白话诗《相隔一层纸》：

屋子里拢着炉火，
老爷吩咐开窗买水果，
说：“天气不冷火太热，
别任它烤坏了我。”

屋子外躺着一个叫花子，
咬紧了牙齿对着北风喊“要死”！
可怜屋里与屋外，

相隔只有一层薄纸!!

小诗分前后两部分。尚处于新诗的尝试阶段，从内容到形式，虽不乏稚嫩与浅显，然则运用对比反衬法，表述作者反封建意识已经悄然觉醒，在形式上有更为大胆的创新，且易记，易读。

鲁迅的白话小说《狂人日记》，刊发于《新青年》第4卷第5号（1918年）。随即，散文与文学批评与戏剧等诸多崭新佳作，接踵而来，逐一亮相于《新青年》杂志。瞬时引发社会各界热烈反响，一度都中纸贵，交口称誉。

远远的胡同口，常听见报童吆喝不停："号外！号外！且看狂人鲁迅!"声音高亢不同以往，久久徘徊不散，仿佛八字回环。有人买一份来，埋头翻阅，且行且看，读至兴起，立于街边兀自念道："黑漆漆的，不知是日是夜。赵家的狗又叫起来了。狮子似的凶心，兔子的怯弱，狐狸的狡猾……"仰头望天，继而纳下头忖了一忖，又道："我诅咒吃人的人，先从他起头；要劝转吃人的人，也先从他下手……"越读声音越大，读至文末，忽而狠跺一脚，愤然道："有了四千年吃人履历的我，当初虽然不知道，现在明白，难见真的人！没有吃过人的孩子，或者还有？救救孩子……"

《新青年》日新月著，事业蓬勃发展，大好形势之下，诸青年才俊趁热打铁，一鼓作气。1918年12月，陈独秀与李大钊合创《每周评论》，以周刊补充月刊。

北京大学1916年级文学系学生傅斯年与康白情、俞平伯等，在听了周作人讲授的欧洲文学史后，内心深受触动。经师辈的《新青年》与《每周评论》启发，于1919年1月，学生辈的《新潮》杂志创刊并发行。英文译为“The Renaissance”（意指“文艺复兴”）。

北大校长蔡元培，本着“思想自由，兼容并包”之教育理念，对《新潮》这株幼苗予以百般呵护扶持。历史学家顾颉刚在《蔡元培先生与五四运动》一文中曾有这样的回忆——“那年头，办杂志要赔钱，我们通过文科学长陈独秀向蔡元培先生请求帮助，蔡就决定由教育经费拨款支持办了这个刊物。我参加了《新潮》的发起和编辑工作。创刊时，主编是傅斯年。1919年底，傅斯年出国留学，由罗家伦主编。第二年，罗出国，改由我接编。办了三期。因为北洋军阀政府不发学校经费，学校便不能再给补贴。经费不足，再加上印了不少《新潮丛书》一时卖不出去，积压资金，才办不下去停了刊……”先后参加过《新潮》编辑工作的还有孙伏园、俞平伯、周作人、康白情、何思源等。

《新潮》停刊后，当时主管行政财务的干事李小峰，将《新潮丛书》拿来摆在家门口摆地摊。后来他开了一家“北新书店”——取北京大学与《新潮》杂志的前一个字。

1918年12月13日，《北京大学日刊》发表《新潮杂志社启事》——“同仁等集合同趣组成一个月刊杂志，定名曰《新潮》。专以介绍西洋近代思潮，批评中国现代学术上、社会上各问题为职司。不取庸言，不为无主义之文辞。成立方始，切待匡正，同学诸君如肯赐以指教，最为欢迎！”

《新潮》在《发刊旨趣》中这样写道——“今日幸能渐入世界潮流，欲为未来中国社会作之先导。本此精神，循此途径，期之以十年，则今日之大学固来日中国一切新学术之策源也；而大学之思潮未必不可普遍国中，影响无量……一则以吾校真精神喻与国人，二则为将来真学术鼓动兴趣。同仁等深惭不能自致于新学者之列，特发愿为人作前驱而已。”十分明确地表示，反对“桎梏行为，宰割心性”之宗法社会与其“恶劣习俗”，坚决主张民主自由与解放个性。反对因循守旧的封建文化与学术，大力提倡以“现世的科学思想”引导中国“同浴于世界文化之流”。

其发刊词一望可知，揭露从君主专制到家长专制等一系列封建秩序与伦理关系的罪恶，坚决反对封建的人生观，提倡建设“自由的，活泼的，理性的，适应的真道德”，亦即是对陈独秀刊发于《新青年》杂志上的《“新青年”罪案之答辩书》文中所谓“反对《新青年》的人，无非是因为我们破坏孔教，破坏礼法，破坏国粹，破坏贞节，破坏旧伦理，破坏旧艺术，破坏旧宗教，破坏旧文学，破坏旧政治，这几条罪案……但是只因为拥护那德莫克拉西（Democracy）和赛因斯（Science）两位先生，才犯了这几条滔天的大罪……”作出的隔空回应。

《新潮》创刊之初，原计划一年出两卷，5 期为 1 卷。前 5 期基本如期出刊。1919 年 5 月，五四运动爆发，《新潮》核心人物傅斯年与罗家伦等积极参与，而一时无暇兼顾编辑事务，故刊物出版难以络续，以致第 2 卷第 5 期无法准期。直拖至 1920 年 9 月方才出刊。且第 3 卷仅出版两期。

然而，新杂志的创办，毕竟给“文学革命”注入新鲜血液，带来活力。更年轻一代的主力军，如虎傅翼。其时，除傅斯年、罗家伦外，还有杨振声、孙伏园、顾颉刚、郭绍虞、汪敬熙、叶绍钧、俞平伯、康白情、朱自清、潘家恂、毛子水等年轻的文学革命开拓者，日后均成为新中国文坛之雄才闯将。而《新潮》的诞生，引得越来越多的新生力量加入，文学革命的队伍，亦逐日壮大起来。

其时，对于“白话文究竟能否成为主流话语”，以及“文学革命究竟能否取得最终的胜利”，先哲对此从未曾有过怀疑动摇，正应了那句“时间会证明一切”。

归根溯源，“民主潮”与“期刊热”，皆因《新青年》的召唤与指引，默转潜移，耳濡目染，社会认知度与影响力，亦逐日拓展扩大开来。

而对于文学革命的胜利，胡适日后曾这样分析道——“这一年（笔者注：1919年）之中，至少出现了四百种白话报，内中如上海的《星期评论》，如《建设》，如《解放与改造》（现名《改造》），如《少年中国》，都有很好的贡献……”又道，“一年以后，日报也渐渐改了样子了。从前报的附张往往记载戏子妓女的新闻，现在多改登白话的论文译著小说新诗歌。北京的晨报副刊，上海民报的《觉悟》，时事新报的《学灯》，在这三年之中，可算是三个最重要的白话文机关。时势所趋，就是政客军人办的报也不能不寻几个学生来包办一个白话文附张了……民国九年以后，国内的几个持重的大杂志，如《东方杂志》《小说月报》等，也都渐渐的白话化了……”

《新青年》不仅带来了“自由与民主”，亦带来了“科学的思想启蒙”，更激发并催生出日后伟大的五四运动。

罗家伦（1897—1969），字志希，笔名毅，祖籍浙江绍兴柯桥钱清镇江墅村，生于江西进贤。早年求学于复旦公学与北京大学，是蔡元培的学生。1919年，在陈独秀、胡适支持下，与傅斯年、徐彦之等人成立新潮社，出版《新潮》月刊。同年，当选为北京学生界代表，到上海参加全国学联成立大会，支持新文化运动。五四运动中，亲笔起草唯一的印刷传单《北京学界全体宣言》，并提出“外争国权，内除国贼”的口号。是五四运动的学

生领袖与命名者。

《新青年》与北大相映生辉

国立北京大学校门外，有人激烈争执，声音越来越大。一个学生与一个官兵推拉撕扯。一旁的学生围聚呵责，有人斥道："堂堂国立北大，岂能容兵匪胡作非为?!"将已经贴上院墙的标语一把扯掉，撕得粉碎。

陈独秀恰好由此经过，远远的看见那当兵的将长枪高举起来，只听得哗啦一响，子弹上膛声。那学生显然猝不及防，下意识地往后倒退几步，随即挺胸上前，呵道："有种就开枪！青天白日，闯到大学校园里来枪杀学生?"

陈独秀疾步上前，将学生挡在身后，就听那当兵的道："你们胆敢阻挠老子执行公务?"且说且将手中的公告扬了一扬。

陈独秀看那当兵的一眼，道："狗仗人势。"

"想拿这张破纸侮辱我巍巍中华，先问问那四万万人民答应不答应!"

"妄图卖国，私毁共和!"

"卖国贼！狗屁政府!"

身后的学生七言八语，愤然声讨。那当兵的不知叨咕了一句什么话，骂骂咧咧地走了。

学生们渐渐远去，陈独秀立于原地，良久默然。北京大学教授里，关于"新文化运动"的推动，时常受阻，他纳下头轻叹一声，迈开大步往会议室方向去。

北大校务室内。

众教授围聚于桌前。

讨论会挨个发言。轮到胡适，道：“日本国何以强?”目光扫向在座各位，略一忖，又道：“自明治维新以来，便将师承我国千年之久的儒学礼教弃若敝屣，无论文化，政治，无论教育，军事，甚至衣食住行，诸多方面，全盘进行改革，接受西方欧洲国家所谓普世价值观……”一语未竟，一旁的辜鸿铭曲背弯腰，背后拖条长辫子，眼睛半阖，鼻子里不屑地哼了一声。

胡适又道：“诚然，日本国乃我敌国，然则不得不说的是，人家改革改得彻底，学得也认真，故此一战甲午，再战沙俄，骤然间成长为大东亚强国，反观我们又如何?”

一旁的人咕哝一声：“民国以来，国体变了，大总统换了又换，明面上政体也在改革，然则照旧要明令岁岁祭孔……”摇摇头不说了。

胡适继续道：“如今，敌国已经强大到割据我台湾，强占我青岛之境地，我们难道不应该自我检讨?不觉羞愧吗?”

陈独秀睇眼看向辜鸿铭，斥道：“卖国求荣，里通外国，亡国奴就是亡国奴，冠冕堂皇便可掩人耳目?虚伪至极，无耻!”

李大钊微微一笑，道：“依适之兄之见，我们只能全盘西化，当可成强国?”

蔡元培沉吟半晌，道：“仲甫兄息怒，有话不妨细细道来。”

陈独秀待怒气稍平，立起身来，接着胡适的话题，道：“适之刚才所述，并非敌我问题，亦非专制与共和的矛盾，究其根本，是旧文化与新文化之间的顽症所在。”众人寻思不语，他又道：“若要振兴中华，必要先启发民智。倘若我们不坚决摒弃沿袭了两千多年，且无处不散发着裹尸布气息之旧文化，何以弘扬普及西方近代更为先进的文化?中华民族何以能得救?”

辜鸿铭听罢蹙额摇头，道：“依仲甫先生高见，若要自强，须首先不要了老祖宗?”说到此处渐渐气急涨脸，一条青筋暴起，那根辫子在背后微微抖动。

……

而这样雷同的场景，对于已经渗透并融入“新文化运动”的北大校园，并不鲜见。

1916年9月，《新青年》第2卷第1号出版。与第一卷相较，此卷新风新貌新气象，令读者耳目一新的，首先是有新作者加盟。

《青年》改版《新青年》，第1号即刊发李大钊著《青春》文，立意与行文，皆与陈独秀著《敬告青年》不谋而合。当属有意而为之。挚友同心断金，为“文学革命”齐肩并进。

1917年的北京大学，云集一批逸群之才。其中包括，24岁的梁漱溟，26岁的胡适与刘半农，32岁的周作人，38岁的陈独秀……校长蔡元培执掌北大时期，聘请教授只关注学识与能力，而并不问思想与派别。可谓万象更新，百花争妍。

以人为鉴。刘半农进驻北大之前，尚在上海靠给“鸳鸯蝴蝶派”媒体投稿，那段日子纯以卖文求生，暑雨祁寒，穷困潦倒。

鸳鸯蝴蝶派，中国近代小说流派。始于20世纪初，盛行于辛亥革命后。得名于清之狭邪小说《花月痕》中的诗句“卅六鸳鸯同命鸟，一双蝴蝶可怜虫”。

这位日后能让鲁迅先生特意写下《忆刘半农君》一文，且赞赏有加的年轻人——“我愿以愤火照出他的战绩，免使一群陷沙鬼将他先前的光荣和死尸一同拖入烂泥的深渊……”，究竟何德何能？且听笔者娓娓道来。

1917年。上海苦夏。

马路两旁生长的高大梧桐，枝叶葱茏，密密匝匝，忽听得一串铃声叮铃铃由远而近。一辆脚踏车从对面弄堂斜冲过来，停在上海铜仁路明厚里一号（今延安中路上海展览馆附近）弄堂口，高声叫道："刘半农！"紧接着又道："刘半农的挂号信！"

须臾，一位年轻男子拿本书，纳下头且行且读，由一间潮暗的小屋里走出来。此人正是刘半农。

望着邮差的背影渐行渐远，刘半农将信打开，不禁怔怔呆立，仿佛闪电过后听见雷声，隔了几秒钟方才醒悟过来，他纳下头再读一遍，悄声叨咕一声："果真是天无绝人之路呵……"这份由北大校长蔡元培亲笔签署，由文科学长陈独秀执笔书写的聘书，经北京大学，飘然而至。

尽管白纸黑字摆在眼前，刘半农仍惴惴然难以置信，长时间寂然不动，独自咕哝道："鄙人只有初中文凭，尚且不满26岁，因何会被声名远播的北京大学慧眼识中？"将那聘书拿在手里，看了再看，恍惚如在梦中。

颠思倒想之际，时光悠然倒流。

刘半农自幼成绩优异，并不偏科，而尤以国文与英语最为出色。1905年，14岁的刘半农从翰墨林小学毕业。1907年，进入常州府中学堂。与其同期的同学中，有日后的史学家钱穆先生。1911年10月10日，武昌起义爆发。风云万变，时局动荡不定，常州府中学堂随即停办，刘半农甚至连一张中学毕业证书都未取得。

人生迷茫。今后的路究竟该何去何从？

距离江苏江阴约160公里之外的大上海，彼时为全国思想最为先进，且文化交流最为发达的重要阵地，更是繁华之经济中心所在，年轻人无不心驰神往。刘半农隐约觉得，机遇与梦想，无限希望与可能，就在黄浦江彼岸。

1912 年春，未满 20 周岁的刘半农，怀揣借来的 5 元钱，与二弟刘天华，搭船前往上海。

立春早已经过了，天气丝毫不见暖迹。几场雨以后，夜间丝丝阴冷。脚下江水滔滔，离开家乡的刘半农立于船头，极目远眺。岸边前来送行之人，如蝇头蠕蠕，渐渐隐遁。忽听得身后有人道："好男儿志在四方，岂能羁留在家园。"

其时，上海滩各大报纸杂志，蜂拥而现，比较畅销的不下二三十种。刘半农连朝接夕，日日闷在出租屋内，只是埋头卖力撰文。且多以翻译外国名著为主。

1915 年秋，一部新创刊的杂志一夜之间在沪上名气大暴，这便是陈独秀创办的《新青年》。

某日，刘半农无意间翻看《新青年》，读罢胸次廓然。早就听闻主编陈独秀之盛名，对其神交已久。忖度之下，竟一路问询，寻至《新青年》编辑部，直呼主编大名，以求与之晤面。

其时，《新青年》尚处于起步阶段，诸事繁杂，陈独秀单枪匹马，正疲于应付，此刻忽听得门外有人毛遂自荐，随起身相迎，将来者让进屋来。见是个毛头小伙，掸眼看他一眼，道："敢问尊姓大名？"话音未落，刘半农快言快语道："我叫刘半农。江苏江阴人士。自认有些文字功底，来沪不久，先是在《时事新报》与中华书局各找到一份编辑工作，然而收入毕竟十分有限，时常寅吃卯粮，捉襟见肘……"而陈独秀对于刘半农其人其文，并不陌生，就听刘半农道："工作之余，我利用一切可以利用的业余时间搞创作。殊不料，歪打正着。"说到此处笑起来，又道，"由鄙人撰写的通俗小说《最后之跳舞》，在上海备受热拥。也算小有名气。今日无意中发现贵刊正在招人，”望向陈独秀，略忖了一忖，继续道，“对于陈主编仰慕已久，特前来拜望……”

陈独秀本有心留用，然而考虑到杂志好不容易才刚复刊，尚未步入正轨，只是纳下头沉默不语，独自思索着。就听刘半农顾自道：“是骡子是马，拉出来遛遛。”不等对方开口，又道：“待看一看鄙人拙文，再决定去留。”

1917 年初，《新青年》刊发胡适的《文学改良刍议》一文，刘半农读毕，不禁扼腕嗟叹，一蹴而就赶写一篇《我之文学改良观》，刊发于第三卷第三期《新青年》。此文对“文学革命”之自我阐述，从形式到内容，均提出非常深刻之见解，与胡适文遥相辉映。

陈独秀特意为刘半农的文章写下跋语，里面有这样一句评价：“刘君此文，最足唤起文学界注意者二事。一曰改造新韵。一曰以今语作曲……”

刘半农就此投其麾下，与陈独秀成为至交。亦正式加盟倡导白话文的阵营，更成为日后的一员猛将。

天道酬勤，勤能补拙。蜷居于逼仄出租屋内只求苟安的刘半农，并不曾想到，昔日艰涩而晦暗的底层生活，坎坷经历，在加入《新青年》之后，一夜之间，千树万树梨花开。苦尽甘来。文学创收的同时，文章但凡经他之手，因为行文深入浅出，更容易使得市井读者喜爱并接受。一切的回报均来源于实践，亦使其在创作白话文学时，比胡适与陈独秀等知名学者，更易措置裕如，亦更加投入。

1917 年，吉星高照，枯木逢春，陈独秀被特聘至北大任文科学长。他到任不久，便极力推荐好友兼同事刘半农。蔡元培一向以不拘一格用人才著称，这便有了北大史上最年轻的教授刘半农。

日后，《新青年》跟随陈独秀进入北大，成为同人刊物。

然而，世间事，大多喜忧参半，福祸相依。

在北大，刘半农因为中学尚未读完，尽管他性格开朗，幽默，善与人交好，但学历太低，始终是个死结，将其牢牢束缚。且常常成为话柄，被人耻笑。

某日，杂志社同仁商讨《新青年》编委人选，胡适率先提出编辑的学历问题。大家听了欣然。唯独陈独秀颔首无言。刘半农只是敛手低头，殊形蹋踏。气氛刹那间异常尴尬。在座各位，只有刘半农既无高等学历，亦无留洋经历，纵使学富五车，文采超然，笔下的东西难免给人嘲笑为“流俗”，批评其“不博学”。

每逢刘半农轮值《新青年》，跟名人学者约稿，对方经常推脱，或者干脆一口回绝，毫无情面可谈。每每还得请钱玄同出面从中应付周旋，方可达成。时间一久，刘半农的自信心备受打击，日益沮丧。

刘半农与胡适同岁，同时受聘进入北大，素日里看见胡适一呼百应，好不风光。

关于这方面，鲁迅日后亦曾为刘半农鸣不平，并对刘之“浅”与“俗”，从个人角度，从文字与品性，充分予以肯定。鲁迅这样评价：“他的浅，却如一条清溪，澄澈见底，纵有多少沉渣和腐草，也不掩其大体的清。倘使装的是烂泥，一时就看不出它的深浅来了。如果是烂泥的深渊呢，那就更不如浅一点的好……”（参见《鲁迅全集》之《且介亭杂文》中的《忆刘半农君》）。当然，此番言论皆为后话，但即使放在彼时当下，想要改变胡适等知名学者对刘半农的轻视，想必并没那么容易。

几年后，经蔡元培大力扶持，刘半农终得以考取公费赴英国留学的资格。

1920年在2月7日，年关将近，刘半农携家人自上海乘日轮“贺茂丸”号，前往英国伦敦大学。次年转入法国巴黎大学，攻读语言学。

是时，正值第一次世界大战刚结束，欧洲通货膨胀日益严重，致使刘半农的留学费用亦跟着缩水。情势急转直下，家人的生活一度赤贫如洗。但即使囊中空空，一寒至此，刘半农仍锲而不舍，努力完成学业。终获法国国家文学博士学位，并被巴黎语言学会推为会员。

在英国，缺衣少食，身无长物的刘半农，终日为如何得以生存而蹙额长叹，长时间不理发，天冷没钱烧炭。几次给同来留学的傅斯年遇见，作为同窗，眼见好友敝衣枵腹，窘困潦倒，直而不肆的傅斯年，忖度再三，催促他去剃头，道：“头发长到这样长。”以手置于头顶上高尺许，比划着又道：“把中国人的脸都丢完了……”

然而刘半农听罢不置可否，只是淡淡一笑，丝毫不急不气，反倒作打油诗一首。摘录如下：

> 不入红流不绿流，乌灰一老未为羞。
> 读书自恨半瓶醋，击壤还成四两油。
> 每怪九冬犹烂脚，敢夸三月懒修头。
> 临风片纸聊相报，松懈犹如杨小楼。

筚路蓝缕，仍不改苦中作乐的这段时间，刘半农发明了“她”字。近代以前，中国本无区分男或女，以及第三人称单数代词的传统。几千年来，似乎并不曾有人觉得，有作此区分之必要。而在文言文中，作宾语的第三人称，通常都用“之”字表示。溯至新文化运动前，白话文兴起之初，则用“伊”或“他”字，做第三人称代词。可代男性，亦可代女性，还可代指一切其他事物。然而若想区别性别，则无论作者与读者，忖度踌躇，实非易事。

首部中文英语语法书《英国文语凡例传》（1823 年出版）中，为很好地将“he”与“she”与“it”区分开来，翻译者只能将其分别标注为“他男”或“他女”或“它物”。其时，在汉语里，尚且没有与之相对应的词，表述上着实不便。

这个问题被心思细腻的刘半农所关注。其实早在 1920 年以前，刘半农便已经有过非正式的提议，关于“她”，只是并没有著文明确阐述。

1920 年 6 月 6 日，在英国伦敦大学学习的刘半农因受到英文的影响，学以致用，深感汉语中第三人称代词的规范使用，已经急如星火。沉思良久，斟酌再三，他决定创造一个“她”字，用以专指女性第三人称的代名词。并将在北大时所提出过的，用“她”字指代第三人称女性之观点，逐条细化，系统化。特意著《“她”字问题》一文，加以阐述。此文寄回国内，不久便刊发于上海的《时事新报》。在文章中，刘半农顺势提出另一个想法，即除了“她”字，应再取一个“它”字以代无生物。

此文一出，立时遭到多方面的攻击与反对。很多人对于文章所持观点，表示纯属冠上加冠，是多此一举。更有女性主义学家，持反对意见。她们觉得，打着“反封建反传统”的口号，大搞“新文化运动”，如今新时代男女平等，缘何非要区分出一个男“他”跟女“她”？照此来讲，女性中的“她”，是女字旁，男性中的“他”，是否也要变成男字旁，方才称得上所谓的平等？一时间七嘴八舌，众说纷纭。

赴欧留学的几年间，纵使学业繁重，生活困苦劳顿，负重致远的刘半农始终不忘《新青年》，音耗不绝，与主编陈独秀时常鱼雁往来。

1920 年 9 月 4 日，刘半农创作诗歌《教我如何不想她》，为“她”字做推广，特意寄给陈独秀，请他指教。信中且将个人看法，一五一十，详述分明。

此处将刘半农创作新诗《教我如何不想她》，全文摘录如下；

天上飘着些微云，
地上吹着些微风。
啊！
微风吹动我的头发，
教我如何不想她？
月光恋爱着海洋，
海洋恋爱着月光。
啊！
这般蜜也似的银夜，
教我如何不想她？
水面落花慢慢流，
水底鱼儿慢慢游。
啊！
燕子你说些什么话，
教我如何不想她？
枯树在冷风里摇，
野火在暮色中烧。
啊！

西风还有些残霞，

教我如何不想她？

日后，刘半农的这首诗，经赵元任谱曲，收入《新诗歌集》（1925年出版）。经年累月，经千百万读者与歌者口口相传。“她”字迅速流传并推广开来，逐渐成为第三人称女性的专有代词，直至今日。

再以后，华侨与爱国人士，皆十分喜欢《教我如何不想她》，脍炙人口，颂声遍野，终使得一首情诗，演变为思乡曲——诗中的“她”，更深一层的意思，代指祖国与家乡。

赵元任（1892—1982），字宣仲，又字宜重，原籍江苏武进（今常州）。中国现代语言学先驱，被誉为“中国现代语言学之父”，同时也是中国现代音乐学之先驱，“中国科学社”的创始人之一。

隔年，鲁迅曾这样比较过同为“新文化运动”领军人物的刘半农、陈独秀与胡适：“假如将韬略比作一间仓库罢，独秀先生的是外面竖一面大旗，大书道：‘内皆武器，来者小心！’但那门却开着的，里面有几枝枪，几把刀，一目了然，用不着提防。适之先生的是紧紧的关着门，门上粘一条小纸条道：‘内无武器，请勿疑虑。’这自然可以是真的，但有些人——至少是我这样的人——有时总不免要侧着头想一想。半农却是令人不觉其有‘武库’的一个人，所以我佩服陈胡，却亲近半农。”言下赞赏之余，又不无一丝怜惜似的。

诚然，社会激变，身处一股洪流之中，有人引领风骚，有人冲锋陷阵，有人摇旗呐喊，有人则选择逃避，亦有人悄然离去。

笔者翻阅时人回忆刘半农的各类文章，其性格之风趣诙谐，时常不衫不履落拓不羁的形象，绘影绘声，如在眼前。此处不妨枚举一二：

刘半农在法国巴黎留学时，家徒四壁，室如悬磬。一日，好友赵元任夫妇前往探望，谈兴甚浓，临别时大家拍照留念。刘半农指挥众人席地而坐，并伸出手来做乞讨状。背景为他的书房，名曰“花子窝”。

归国后，刘半农专门从事民间文学研究。他在报上刊出启事，广泛征集各种骂人方言。赵元任与钱玄同见报后，举肩并行而来，分别操中国各地方言，将刘半农大骂一通，刘一点不生气，骂至高潮处，不禁捧腹大笑。

又一日，刘半农前往赵元任家小聚，恰逢赵的学生在。赵元任笑向学生介绍道：“这位便是《叫我如何不想她》的作者，‘她’字的发明人，刘半农先生。”

学生听得怔住，但见眼前之人，矮个，方头颅，不拘形迹，甚至有点吊儿郎当，简直不敢相信。一群人立起身来，在背后指点笑语。

刘半农丝毫不在意，忖了一忖，纳下头吟哦道：“教我如何不想她，可否相共吃杯茶？原来这样一老朽，教我如何再想她？”说罢，自己不禁先笑起来。

毛泽东与《新潮》

这日，忙了一天的毛泽东回到老师杨昌济家中，晚饭留在桌上。

毛泽东吃一口馒头，就一口辣椒，慢慢嚼着。见杨昌济于窗前伫立凝望，叫声“老师”，道：“洋务名臣李鸿章，自嘲一生风雨裱糊匠，足以见其终究明白了，学外国若只学皮毛，万万不可。”杨昌济凝视不动，他又道：“戊戌六君子，一心搞立宪，临了把脑袋扔在了菜市口。中山先生几十年来，革命之心矢志不移，然则时至今日，外有列强觊觎，内有军阀激斗。近日来我在图书馆常听北京大学的师生论议，批孔批儒教……”一语未竟，杨昌济打断道：“陈仲甫先生与胡适之先生与大钊先生等人，他们所提倡的新文化运动，实则为‘德先生’与‘赛先生’，亦即科学与民主……”

毛泽东纳下头吃饭，略点一点头，并未接茬。

杨昌济探微察隐，掉转身来问道：“润之，你有什么想法？不妨说说。”

毛泽东一忖，淡笑道：“此等大事……”摇摇头不说了。

杨昌济坐在一旁，看向毛泽东，道：“对于新文化运动，现在学校里诸多异声。那么我请问，若是连‘德先生’与‘赛先生’亦不打算要，那么，他们究竟想要什么？”

不觉天色将晚，院子里那棵枣树正对着窗户，树梢顶端高悬着一盏灯，隔窗远远地望出去，那灯光分外明亮，此刻却像是忽然哽咽住了似的。

杨昌济轻叹一声，慨然道：“偌大的国家，四万万人民，该如何救？由谁来救？岂是一句话那么简单。”毛泽东只是沉默，他独自喃喃道：“坐而论道，徒托空言，然而真想从中找到出路，谈何容易？”

自打来到北京大学图书馆，毛泽东日日早出晚归。阅览室十分敞阔，几十张桌椅板凳擦至一尘不染，地板拖至能照见人影，这才坐到一张书桌前，等候前来借阅的人。能来此地阅览的人当中，有不少知名学者，依次排队等候，逐一将自己的名字登记在册，转身悄然进入阅览室，一头扎进书海。久而久之，毛泽东与他们彼此熟识了。

这日，傅斯年、罗家伦、毛子水、俞平伯、汪敬熙等学生，且说且笑，进得门来，签下各自的名字，井然有序进入阅览室。适逢礼拜天，阅览者相对少些，一行人围坐一起，悄声谈论着什么。

毛泽东远远地注视着这群跟自己年龄相差无几，此时已在文坛小有声誉的年轻学生，凝神细想。偶尔飘过来几个词，恍然间明白，他们是在商量办《新潮》杂志的事。正在讨论办刊宗旨，以及下一步该如何组织创刊的稿件。

早前，在老师杨昌济家中，毛泽东不止一次听说过傅斯年与罗家伦等人的名号。一众青年学子，正在积极组建“新潮”计划。蔡校长对于这些满怀凌霄之志的青年学生，亦十分鼓励支持，并亲自为《新潮》创刊题名。此刻耳畔响起杨昌济的话，道：“鹤卿特批，每月拨两千元作为办刊经费……”不禁心生向往，看一眼阅览室深处，只听得傅斯年咳一声清理嗓子，立起身来道：“下面，提三点办刊宗旨。一为批评精神，二乃科学主义，三则是革新之文辞。大家意下如何？不妨都来说一说。”

众人听罢，纷纷点头，欣然赞同傅斯年如上所述。

俞平伯与罗家伦等人相互对视，道：“《新潮》当为《新青年》之同盟军，并肩共行，相辅相成。”

罗家伦紧接道：“向虎视已久之北大旧势力，向老朽的《国故月刊》鸣枪开跑！直炸他个片瓦不留！”

《新潮》刊名，英文的意思便有“文艺复兴”之意。众人听至兴起，齐声附和。

毛泽东远远地听了，亦觉很是兴奋。恍惚间想起今年四月，在家乡湖南创办新民学会之际，他曾提出“革新学术、砥砺品行，改良人心风俗”的主张，不禁大步流星而来，面向众人，自我介绍道：“各位好，我叫毛润之，湖南湘潭人……”

毛泽东淡淡一笑，道：“我的普通话讲得不好，给你们的讨论所吸引……”一语未竟，傅斯年叫声“毛润之”，手已经直伸过来，笑道：“欢迎欢迎！我们欢迎一切有识之士。”随又给众人介绍道：“毛润之是图书管理员。可别小看我们这位工友，”望向毛泽东，又道，“他在《新青年》发表过文章，且不止一篇！”

大家鼓掌欢迎。

毛泽东这位北大“新人”，就此正式加入“新文化运动”阵营。然而没有人是先知，这位满口湖南腔的高个子青年，日后会成为一代伟人。

多年后，毛泽东回忆第一次到北京的原因，曾这样道：“是夏（笔者注：1918 年 6 月，毛泽东一师毕业），我决定到北平——那时叫北京去。当时，许多湖南学生都计划到法国去工读……在出国以前，这些青年预备先在北平读法文。我帮助他们实现这个计划，在这一群留学生中，有许多是湖南（第一）师范学校的学生……我陪了几个湖南学生到北平去。”［参见《红星照耀中国》（*Red Star Over China*），又译名《西行漫记》，美国著名记者埃德加·斯诺的名著。］

不言而喻。作为新民学会会务主持者的毛泽东，平生头一次进京，是为组织湖南学生赴法勤工俭学而来。

回首往昔峥嵘岁月，毛泽东又道：“我是向朋友借钱去北平的，所以一到就得找事做……从前师范学校的伦理教员杨怀中

（即杨昌济），在北京大学做教授。我就去求他帮我找事。他将我介绍给北大图书馆长，这人就是李大钊……李大钊给我工作做，叫我做图书馆佐理员，薪俸是每月八块大洋……”（参见《红星照耀中国》。）

其时，相较于北大教授动辄几百块大洋的薪水，毛泽东的月薪，可谓少之又少。栖身之处，亦只能借住于老师家。然而毛泽东并不觉十分辛苦，一切皆坦然接受。即便是时常遭受“冷遇”。

某次，胡适在北大图书馆演讲，毛泽东操一口十分浓重的湖南腔向其请教。胡适看他一眼，攒眉不语，悄声问一旁的人：“提问者何人？”当得知对方仅仅是一个并不入册的编外小职员，作为旁听生听课，根本不予理睬。

毛泽东日后与人聊及往事，这样道：“我的职位如此之低，以致人们都不屑和我来往。我的工作之一，就是登记来馆读报的人名，不过这般人大半都不把我放在眼里。在这许多人名之中，我认得有几个是新文化运动著名的领袖，是我十分景仰的人。我很想和他们讨论关于政治和文化的事情，不过他们都是极忙的人，没有时间来倾听一个南边口音的图书馆佐理员所讲的话……”（参见《红星照耀中国》。）

是时，毛泽东十分珍惜北京大学的文化氛围。图书馆阅览室的楼上，是蔡元培校长办公室。胡适、李大钊、陈独秀、鲁迅等人，频繁来往于此，交流探讨，走时借阅书籍或报纸。

早前，毛泽东初来北大，暂时借住在老师杨昌济家，后人称之为“板仓杨寓”。如今，此地已然挂上区级重点文物保护单位的牌匾。上写“板仓杨寓”。这座两进院落的小型民居建筑，为北京最常见的硬山合瓦顶。大院门口，高墙上镶嵌有“毛泽东故居”的牌匾。

宅院虽与当年格局大致相仿，然则昔日那轩敞幽邃与书香满堂之情境，已被凌乱无章，柴米油盐混合味所吞没，彻底消逝隐遁于熙来攘往的人间烟火之中，不复存在。

据称，彼时之后院，为杨昌济家眷居住，前院则为杨昌济与女儿杨开慧的起居地。而初次进京的毛泽东与蔡和森等人，便借住在前院南边的一间客房里。

为便于跟其他来京的新民学会会员联系，经杨昌济帮助接济，另觅得一处新址。距离北大不远，即毛泽东在回忆中所提到的“三眼井”——“我自己在北平的生活是十分困苦的。我住在一个叫‘三眼井’的地方。和另外七个人合住一个小房间，我们全体挤在炕上，连呼吸的地方都没有。每逢我翻身都得预先警告身旁的人……不过在公园和故宫的宫址我看到了北国的早春，在坚冰还盖着北海的时候，我看到了怒放的梅花……北京的树木，引起了我无穷的欣赏。”

笔者注：1936年夏，上海复旦大学教授孙寒冰，在复旦创办进步书社——文摘社。在看到美国著名记者埃德加·斯诺发表在*Asia*（即英文《亚西亚》杂志）上的连载文章*Red Star Over China*（即《红星照耀中国》）后，欣喜之余，立即找来学生汪衡，请其帮忙翻译。汪衡认为这是一部系统介绍中国共产党领导中国革命的好文章，决定将斯诺原稿的部分章节翻译出来，其中一部分便是《毛泽东自传》。

《毛泽东自传》译出后，书稿又经孙寒冰逐字逐句反复推敲，几经修改。为使书稿能顺利出版，孙寒冰直接找到时任国民党中央宣传部长的邵力子，最终邵力子表示支持《毛泽东自传》在

《文摘月刊》上全文刊登。

《毛泽东自传》便在《文摘月刊》的“人物种种”专栏里分期刊出。立时引起轰动。销量暴涨。每期的印数多达五六万份，供不应求。

为满足国统区与沦陷区广大人民的迫切需要，各地书店纷纷来函来电，期盼早日出书。1937 年 11 月 1 日，上海文摘社出版《毛泽东自传》单行本，由黎明书局向全国发行。

孙寒冰（1902—1940），原名锡琪，又名锡麟、锡麒，上海南汇人。早年赴美国华盛顿大学留学，获硕士学位，又入哈佛大学进修。回国后，历任复旦大学社会科学系主任、劳动大学经济系主任、暨南大学政治经济系主任兼教授。曾创办《文摘》杂志，并任黎明书局总编辑。1940 年 6 月，日机轰炸重庆，孙寒冰与复旦大学其他 6 名师生不幸罹难。后被安葬于重庆北碚东阳镇。

三眼井胡同，位于北京东城区景山东街偏北路东。东起嵩祝院西巷，西至景山东街，北至纳福胡同，南至原京师大学堂围墙。与沙滩后街东高房胡同等周边街巷组成“三横七纵”的胡同片区，隶属北京旧城二十五片历史文化保护区范围。整个三眼井地区，最有代表性的，即三眼井胡同。

毛泽东租住在三眼井胡同原 17 号（今为 61 号）院，在此居住至次年 3 月 12 日，离京赴沪。与毛泽东同住此地的，还有蔡和森、萧子升、陈绍林、罗章龙等。而实际上，这个地址并非最详细的地址，更为确切的实际住处，是在三眼井胡同里面的一条十分紧窄的巷子里，即吉安所左巷 8 号（旧时的门牌号为吉安所东夹道 7 号）。北房三间，东西耳房各一间，东房两间。

吉安所又称吉祥所，实则为清代宫眷死后停灵出殡之专用地所在。

毛泽东等人租住于三间北房中的一间。实际使用面积不足 10 平方米，是名实相符的"一间屋子，半间炕"的蜗居。屋小人多，条件艰苦可想而知，以至于夜里睡觉，"隆然高炕，大被同眠"。

借以照明的那一盏小油灯，高悬于墙角。院外月色逾明，满地树影，屋内灯光昏暗，烛火莹莹然间，毛泽东与蔡和森、萧子升、罗章龙等人，或坐或躺，围聚一起，且笑且谈。在那严寒里，凄楚给年轻的血液所冲淡。

日后，罗章龙亦曾回忆寓此的岁月，《罗章龙回忆录》中这样写道——"馍馍咸菜过日子。住得狭窄，吃得更是糟糕……初始，大家在外吃饭，食费昂贵且不习惯，于是商议自行炊爨，各事所宜，无分劳逸，体弱及事冗者亦伴食无碍。尝因缺乏炊釜，乃以搪瓷面盆做锅。北京米贵难卖，经常以炒面调成糊，加葱花、盐末充食。一次，子升做了一面盆浆糊，大家外出劳累了一天，虽饿，亦无法下咽。房东是一满族少妇，人极腼腆，平日很少出门，只从窗户里探望我们，有事则让其七八岁的小女儿来通话。她见我们不会做面食，觉得好笑，便亲自出来教我们发面蒸馍……我们八人只有外衣一件，出门时轮流着穿……入冬以后，昼则往沙滩北京大学第一院图书馆阅览室避寒，夜则返寓，围炉共话。生活很苦，大家从中得到锻炼，不以为苦，反以为乐……吉安所同人生活一直维持到 1919 年一二月间。这时，萧子升赴法，润之回湘去沪，我亦因参加北大学生会工作和其他学术团体活动，而改寓他处。”言下隐忍之中，夹杂着艰涩，但仍透露着坚毅与刚强。

其时，毛泽东经常步行到北大听讲座，还参加了两个学生社团。其一为 1918 年 10 月成立的“新闻学研究会”。由京报社长邵飘萍发起组织并主讲有关办报的业务知识。其二则为 1919 年 1 月成立的“哲学研究会”，由杨昌济、梁漱溟、胡适、陈公博等人发起组织，其宗旨在于“研究东西诸家哲学，瀹启新知”。

毛泽东的谦虚态度与自身实力，让众人不得不由“冷”转“热”。胡适隔年已经成为毛泽东的挚友。有人如此描述两人关系的转变——“由于毛泽东虚心请教，经过多次提问、接触，情况逐步变化了……”

此后，毛泽东回湖南创办《湘江评论》，寄至北京给胡适审阅。读毕，胡适亲自撰文推荐，赞赏毛泽东刊发于《湘江评论》第 2、第 3、第 4 号的《民众大联合》一文，“眼光远大，议论也很痛快，确是现今最重要的文字……”而对毛泽东呈送的《湖南建设问题条件商榷》，亦觉兴趣浓厚。

然而，来北京吃尽苦头的毛泽东，却并不想出国。他这样对斯诺说——“我陪同一些湖南学生去北京。虽然我协助组织了这个运动，而且新民学会也支持这个运动，但是我并不想去欧洲。我觉得我对自己的国家还了解得不够，我把时间花在中国会更有益处……我另有打算。”（参见《红星照耀中国》。）

北大红楼里初现“革命之光”

某日。北大图书馆办公室内，李大钊埋头在一摊书刊报纸中翻阅，记录着什么。办公室的门訇然被推开。陈独秀大步流星而来，道：“守常，都什么时候了，怎么还坐在这里按兵不动?”

李大钊抬起头来看一眼陈独秀，面露恍惑，道：“何事?”

陈独秀近前几步，双手一击，攒眉道：“讲好的，今日你来主讲，我次讲，胡适之压阵，全都忘了?”李大钊凝神细想，他又道：“学生来了好多，礼堂挤得满满当当，只等你!”李大钊始醒过来，蹙额笑道：“真是抱歉。确有此事，只不过。”不等对方开口，又道：“今日的演讲，有劳仲甫兄了，我这里实在忙不过来，跟同学们说抱歉，我改日。”

陈独秀听罢怔了一怔，诧异道：“何事这般紧要?”

李大钊随将桌上的书刊报纸拍了一拍，指给陈独秀看，道：“这些是我搜集好的，今年所有跟俄国有关的消息报道……”

陈独秀瞥一眼，那厚厚的一沓报纸上，红圈画得到处都是，特意做出标注。他看一眼李大钊，咕哝一声：“跟俄国有关?”

李大钊立起身来，与陈独秀附耳说几句什么话，复点一点头，道：“正是。俄国!”

陈独秀低下头只是看那些报纸，并不作声，李大钊道：“仲甫，俄国变天了。”

陈独秀眼稍一瞟，道：“不过是巴黎街头革命的生搬硬套罢了，有何值得欢喜？还迫不及待深入研究起来了。”

办公室的窗外，影影绰绰，有学生探头张觑，悄然一闪。

李大钊起立徘徊，道：“不可小觑呵仲甫。”与陈独秀对坐，又道：“待我给你细说。”扭转身来，在图书馆资料区一通翻寻，从厚厚的文件中抽出一本小册子，薄薄的一本，带笑递与陈独秀，道：“好好看看再说。”

陈独秀接过来，见那小册子的封面，黑体字俄文写着“国家与革命”，喃喃念道：“作者，弗拉基米尔伊里奇。”

隔日，李大钊与陈独秀，同张国焘等学生共同探讨关于俄国革命的问题。

李大钊先声道："俄国革命的重要特点，是布尔什维主义贯彻始终，这使得其革命既具有较高的纪律性，又具有较为充分的民主合议特质……"

张国焘举手发问，道："何谓布尔什维主义？"

李大钊纳下头默然片刻，方道："布尔什维是俄语，指多数派之意。与之相对应的是孟什维主义，亦即少数派之意。俄国革命成功，执政的就是布尔什维主义者，意指占据大多数的人……"

陈独秀在一旁道："少数服从多数，这便是最基本的民主合议原则。"

李大钊略一点头，表示同意，道："仲甫兄所言极是。就好比在两极社会当中，庶民与贵族共同构成社会的基本形态，而其中的庶民是大多数，贵族为极少数，那么，庶民便是布尔什维克，贵族即孟什维克。如此看来，布尔什维主义的胜利，亦即庶民的胜利……"

张国焘与一旁的同学四目相视，面露恍惑，须臾，又略点一点头，骤然间恍悟了似的。

北京的隆冬。哈气成霜。

鹅毛大雪将北京文华胡同铺天盖地素裹成白茫茫一片，煞是好看。

毛泽东手拎一摞书，亦步亦趋，紧跟在李大钊身后。李大钊不时举起双手搓一搓，道："今日的法国，已不再是大革命时期的法国喽。"掉转身来看一眼身后，又道："热血与激情，已然丧失殆尽，所剩下的，徒有冰冷的利益权衡，列强国在巴黎和谈会议上极尽所能，尔虞我诈，国人若想依靠这些人来求个公道，无异于白日做梦。”简直不能想，一提便搓火。

毛泽东默无一语，忖了一忖，轻声道：“列强之间，亦有矛盾，倘若我们可以善加利用，时局或许还有几分可为……”

李大钊看毛泽东一眼，道：“以夷制夷，自然好。折冲樽俎也罢，归根结底，不过是敷衍一时，得过且过糊弄人的伎俩而已。”仰天长叹一声，慨然道：“欲要救国，必先求大道。润之，你的大道何在？”

毛泽东默然了。

李大钊走出去又站住，也自默然。

两个人默默走了一段，毛泽东方才开口道：“诸多问题，几十年来，我等始终在追寻探索，渴望有一个答案。”纳下头忖了一忖，又道：“百十年来，洋务，变法，革命，莫不如此……而我曾一度坚信，体育可以救国，教育可以救国，克鲁泡特金的无政府主义，亦可以救国，然而……”摇摇头轻叹一声，继续道：“如今看来，学生学识尚浅，并未领悟到先生所言之大道。”不等李大钊开口，接着道：“连日来，我读过先生的《马克思主义观》，隐约有所恍悟，仍未完全，但总感觉先生所写的大道，尚需学生细细咀嚼。”

李大钊听罢欣然，道：“润之，我这篇文章，不过是管中窥豹，尚不及马克思主义之万分之一，若要求取大道之真谛，我建议你，好好读一读《共产党宣言》。”说到此处，不禁有点兴奋起来，声音越说越高，道：“振聋发聩，恢宏气势之大道，尽在其中……”

毛泽东喃喃道：“《共产党宣言》……”

远远的传来一阵唢呐声。高昂，尖锐，忒愣愣疾风骤雨一般，一个调子重复再重复。嘈杂，苍凉，仓皇中带一点从容，仿若即将大事临头。令这两个毫不相干的人，此刻听来亦不由自主地跟着紧张起来……

紧接着一片鞭炮声，噼噼啪啪一阵响。远远的地方但见一阵黄烟氤氲浓郁，久久未散。

唢呐声渐渐远去，更远了，听不见了。

李大钊凝神不语，独自喃喃道："除夕之夜，小户人家死了人，出殡也带着烟火味……"突然间想起什么似的，望向毛泽东，笑道："今天除夕夜，完全不记得了。"毛泽东纳下头凝神细想，并不作声，他又道："润之酒量如何？我这里有好酒。过年了！"

进得屋来，毛泽东默然坐定，李大钊连叫几声"润之"他始醒过来，忖了一忖，道："先生过年好。我还有事，改日。"立起身来往外走。

李大钊也不强留，起身相送，二人约好改日再叙。

毛泽东从李大钊那里出来，疾步往图书馆方向去。

除夕之夜，图书馆里寂静无声。

毛泽东转身将门关起，径直走至最深处。书籍报刊满坑满谷，书架顶天立地，占满整堵墙，毛泽东只是埋头翻看。他并不曾注意到，远远的角落里，小书桌上放着送饭的竹编食盒，天气实在是冷，特意用衣服包裹。书桌旁趴着一位年轻姑娘，此刻正酣睡。

毛泽东埋头只是读书，不时做笔记。窗外传来的声响，将梦中之人骤然间给惊醒，睡醒的年轻姑娘，温柔地看着毛泽东，微微一笑，只将带来的食盒逐一打开，摆好。叫声"润之"，起身道："快来吃饭。年夜饭。"

毛泽东立时怔住，隔了几秒方才回过味来，掉转身来看见是杨开慧，高兴起来，道："开慧何时来的？我竟毫无觉察……"蹙眉笑道："怎么不叫我。"

碗筷已经摆好。杨开慧烫把热毛巾，递于毛泽东，微笑道："到点了没回家，猜到你在这里。"瞥一眼毛泽东手中紧握的书，又道："看什么书这样着迷？"

毛泽东与杨开慧面对面对坐，将手中的书递过去，并不作声，埋头吃饭。

杨开慧接过书来看一眼，嚇咿一声，道："守常大伯所著《庶民的胜利》？"又道，"似乎是写革命的文章。"

毛泽东嗯一声，道："写俄国革命。写得真好。"

杨开慧看着毛泽东，面露恍惑，喃喃道："革命？各国的革命有何不同？"

毛泽东将酒杯斟满，道："列国之革命，皆为精英者革命，然唯守常先生的这篇文章，却将俄国革命的胜利，称之为'庶民的胜利'。"举杯与杨开慧碰了一碰，又道："开慧，新的一年，你我为'庶民的胜利'干一杯。"言毕一口喝尽。

杨开慧浅浅地抿了一口，没听清咕哝了一句什么话。

远远地听见公鸡啼，北大校园钟楼的钟声当当而起，但见窗外鞭炮声齐鸣，仿佛剥豆子一般。

漫天白雪，礼花璀璨，黑暗中火树银花，映红了两张青春洋溢的脸。

新的一年，整个大时代，属于每一个人的命运，即将要被改变了……

第四章
凛冬将至，至黑时刻

五四运动前夕

1919年5月。

凛冬已过，正值春暖花开好时节。巴黎和会上中国外交失败的消息，不胫而走，传入国内，立刻激起各界人士的强烈愤慨。

这日清晨，李大钊立于高阶之上做演讲。大批青年学子将其围聚起来。渐渐地，拉洋车的来了，街头手工艺人来了，小商小贩，三教九流，顷刻间人头攒动，渐聚渐多。

李大钊振臂高呼，道："有人说，国人数十年来，上下求索，是舍本逐末，在他们眼中，无论是以日为师，以欧为师，拟或是以俄为师，皆为荒谬……"一语未尽，如鲠在喉，略忖了一忖，又道："在俄国，有一个叫列宁的，由其所领导的布尔什维克革命，已然取得成功。何谈荒谬?!"

忽听得人群中有人道："布尔什维克是做什么的?"

一时间，众人面面相觑，瞠目恍惑。

李大钊抬手往下压了一压，示意大家安静，道："这位叫做列宁的人，他所引进的思想，便是德国的马克思主义。暂且不论什么主义，"他看着台下，又道，"俄国人暂且可以放下仇恨与敌视，向德国学习，为我所用。我们中国人，为何不可以学一学俄国?"

站在最前排的一位学生，仰起脸来问道："大钊先生，究竟什么是布尔什维克？何谓马克思主义？”

一时间七张八嘴，嘈嘈聒耳。

李大钊微微向台下点一点头，道：“布尔什维克，即指多数之意。何谓多数？”进一步解释道，“工人，农民，多数指的是千千万万被压迫被奴役的广大劳动人民。”抬手往空中挥了一挥，又道：“同学们，市民们，俄国的胜利，是布尔什维克主义的胜利，为庶民的胜利！亦为无产者的胜利！这是人类历史上的开天辟地，是伟大的第一枪！”继续道：“工人是庶民，农民亦为庶民，今后之世界，你我人人皆为庶民……”台下报发出一声高呼：“庶民的胜利！是我们劳苦大众的胜利！”掌声雷鸣，经久不息。

待众人情绪稍显平复，李大钊大声道：“一个新事物的出现，如同一个新生命的诞生，必先经一番苦痛，即使有危险亦在所不惜。这等艰难，苦痛，这新纪元的创建，是人类进化途中所必须的，所以我们不要害怕，亦无须逃避。”咳一声清理嗓子，继续道：“人类历史不断前进，一个人，一件事，俄国革命的胜利，是世界风云突变的征兆。前有 1789 年的法国革命，再有 19 世纪各国革命之先声，再至 1917 年的俄国革命，这便是 20 世纪世界革命之先声……”

台下掌声雷动。欢呼声中有人大声道：“中国虽弱，但绝不允许列强欺辱！”一旁的人大声附和道：“庶民的胜利！”

与此同时，在总统府衙内。徐世昌正紧急召开内阁会议。徐世昌铁青着脸蹙额不语，一旁坐着外交总长曹汝霖，手拿一份通告，纳下头只是念下去，悄声道：“……情况十分不妙，我们必须往最坏处着想。”抬眼看一眼徐世昌，又道：“万一和会上关于山东问题，形成决议，政府该如何处理？”摇摇头慨叹一声：“府院双方，还需尽快拿出一个意见来才好……”

徐世昌良久默然，忽道：“除了签字，还能如何？”不待对方开口，又道：“眼下国内舆情汹汹，哪里容得下你我退让，哪怕只是半步？”仰天长叹一声，言下无奈中带了一丝伤惨似的。

曹汝霖不发一语，怔怔呆听，嗟叹道：“签字，等于做了卖国贼，可不签字，等于自动退出协约国，那岂不是更加中了日本国的奸计？只怕西方列国更加不可能支持我们了。”简直不能想，连声叹息。

徐世昌（1855—1939），直隶（今河北）天津人。早年中举人，后中进士。自袁世凯小站练兵时便是袁世凯的谋士、盟友。光绪三十一年（1905）曾任军机大臣。徐世昌颇得袁世凯器重，在袁称帝时以沉默远离之。1916 年 3 月，袁世凯被迫取消帝制，起用他为国务卿。1918 年 10 月，徐世昌被国会选为民国大总统。他下令对南方停战，次年召开议和会议。1922 年 6 月，徐通电辞职，退隐天津租界以书画自娱。

曹汝霖（1877—1966），祖籍浙江。民国初年高级官员，新交通系首领。生于上海。五四运动时期，被指卖国贼，住宅遭烧毁。抗日战争时期，曹汝霖任伪华北临时政府最高顾问、华北政务委员会咨询委员等职。1966 年 8 月 4 日，病逝于美国底特律。

刚刚参加完李大钊演讲的学生，蜂拥而至，将图书馆围了个水泄不通。大家迫切等待和会的最终谈判结果。人越聚越多，场面几近失控。

门訇然被撞开，张国焘直冲进来，不等立定，已经给学生们团团围住。

张国焘飞身一跃，站在凳子上，大声道："最新消息，大家请静一静！"众人安静下来，他又道："同学们，已经查实，去年九月，与日本人秘密签署借款合同的人，正是驻日公使章宗祥！"

立刻给一片"卖国贼子！"的呼喊声怒吼声彻底淹没。

镜头转换至日本。

与其同时，驻日公使章宗祥携夫人，刚刚用餐完毕，一出餐馆的门，立刻给早已等候多时的中国留学生团团围住，人群中爆发出声声怒吼，"打倒卖国贼！""章宗祥无耻！"

眼见前来抗议的人渐聚渐多，章宗祥只是纳下头一言不发，夫人吓得浑身乱抖，攒眉含泪不知在说些什么。

司机一身黑衣，面对愈演愈烈的抗议声潮，显然无计可施。车门大敞，章宗祥一猫腰坐进车里。立刻给愤怒的学生层层包围，写满标语的各色纸片，如同一场流星雨，不断掷向小汽车。有人拍打车窗玻璃，踢踹车门，大声斥道："打倒章宗祥！""无耻之徒！"

街角有警察来了。

砰砰几声枪响。

司机一脚油踩下去，车子往一边偏了一偏，转眼便没了影……

章宗祥（1879—1962），浙江吴兴人。因其出卖国家主权，向日本大量借款，签订众多损害中国权益与民族尊严的卖国条约，被视为汉奸。五四运动中，为广大学生要求严惩的三大卖国贼之一。

十冬腊月，雪虐风饕。

这日，李大钊邀约陈独秀共进午餐。有个火锅摆在那里，二人一边吃，一边伸手取暖。八仙桌上，切好的土豆片、大白菜、红青萝卜、牛肉羊肉，满满当当一大桌。高寒天喝酒，度数越高越好，那酒经加热后，酒香特别醇，浓且厚，弥漫开很长时间都不消散。二人衔杯对酌，其乐陶陶。

李大钊看着陈独秀，忖了一忖，道："仲甫兄，事情尚无定论，评议会仍在进行中，蔡公元培先生，一直努力为你美言……"

北方高寒，隆冬里最享受的便是来一顿火锅。往来食客逐队成群，中华老字号"东来顺"里甚是热闹。

忽听得身后有人嬉笑议论，一个对另一个道："喏，今日报纸。头版头条。"不等对方作答，顾自念起报纸来，道："……陈独秀当了北大教授，依然我行我素，特立独行，常常流连往返于北京八大胡同……"一旁的人不知叨咕了一句什么话，他又道："据说这位陈姓教授，文字激扬，正是在八大胡同的床上完成的……"嗤嗤嗤窃笑。

1919年，北京报纸大幅刊登陈独秀在八大胡同"争风"的新闻。并配有照片，立时引为笑谈，成为四九城内百姓街头巷尾茶余饭后热议之笑资。

李大钊显然听见了身后人所说的话，看一眼陈独秀，低头蹙眉不语。

陈独秀夹一筷子羊肉，埋头只是大嚼，不时端起酒杯来跟李大钊碰一下，道："浪子风流，多情未必不丈夫。"眼稍一瞟，鼻子里不屑地哼一声。

李大钊并不作声，独自思索着。就听陈独秀道：“有的是惊天动地的大事等着你我去做。”

李大钊默然不语。

两个人埋头默默吃饭，陈独秀道：“回想这么些年，前有袁世凯，后有段祺瑞，当道诸公，肆意玩弄约法，玩弄人心于股掌，此次交涉一旦失败，”摇摇头略忖了一忖，又道，“举国清议汹汹，届时我倒要看看，他们还将会玩出什么花样来？”

他说一句，李大钊略一点头，表示心领神会。

陈独秀讲至兴起，不禁浩然长叹，呵责道：“匹夫倡难，庶民景从，千夫所指，众叛亲离哪。”手指在胸腔间比划着，又道，“此乃翻天覆地之巨变，士农工商，国之四维，如今走到如此境地，试问还有谁，要对这样的政府心存幻想？可怜且可恨，简直无可救药……”说至此处，不禁气急，侧转身来瞪目相视。

身后那些吃客，默无一语，只是埋头吃喝。

李大钊良久默然，将杯中剩酒一口喝尽，拉了陈独秀往外去。

陈独秀且行且讲，道：“守常兄，你我还是要尽早做打算。”李大钊并不作声，低头思索着，他又道：“此番定然不容国蠹巨奸企图蒙混过关……”越说声音越大，惹得路人纷纷侧目。

未及站定，忽见一骑人马远远地由对面飞驰而来。尘土漫天中，报童大声吆喝道，“号外！号外！巴黎和谈失败！中国代表集体辞职！”声音明显不同以往。然而福祸踵至，幽暗互映，是这代人运命使然，中国人“不胜扼腕”新的时代，即将到来……

五四运动爆发

巴黎和会的不利消息频频传来，学生们早已按捺不住。罗家伦、傅斯年、张国焘、段锡朋、刘仁静等一大批进步学生，摩拳擦掌，大家经商讨后决定，于 5 月 7 日这一天，举行大规模请愿示威活动。

殊不料，风云突变。

1919 年 5 月 3 日，蔡元培得到北洋军阀政府已经同意和约中关于山东条款的消息，危急存亡的紧要关头，火速将此事告知罗家伦、傅斯年等学生领袖。

是日深夜，北京大学学生与各高校学生代表，齐聚于北大法科（三院）礼堂紧急集会。会议决定，将示威游行活动的时间提前。罗家伦的任务是，负责联络各校学生，并组织购买写标语所用的大批白布。

北大。法科礼堂内。

有学生站在高处大声道："此时此刻，日本妄图接管山东一切权利的阴谋，眼看就要得逞，我们的外交谈判，失败了……"讲至此处不禁眼眶泛红。

一旁的人接口道："山东若果真被日本割据，中国的领土将不再完整，我们怎么办?!"

立刻有人附和道："领土不整，国家必忘。誓死不做亡国奴!"

众人齐声高呼："此情不可待！士可杀不可辱！走，我们上街游行去!"

一个学生由队尾直挤过来，一个箭步跃上桌子，疾呼道："有的放矢，去东交民巷游行！去外国领事馆抗议！”

众人挥舞手臂，齐声高喊：“打倒小日本！”

一时间，七言八语，愤然声讨。

梁漱溟站在一旁蹙眉摇头，道：“同学们，要冷静，保持冷静……”话未落音，给学生方豪打断，振臂一呼，道：“爱国需要热情！我们就是要给政府施压！”

邓中夏跟着道：“势必要夺回山东权益！不容商量！”

张国焘站在队伍最前排，此刻掉转身来道：“我们必须要让他们知道，中国人不是好欺负的！”

众人鼓掌，口号声此起彼落，不约而合道：“中国人不怕死！誓死不做亡国奴！”喊声高亢，直冲入天际。

梁漱溟独自蹙眉不语，显得忧心忡忡。

礼堂大门訇然被推开，几位同学接踵相随，大步流星而来，径直走到队伍最前端站定，一个道：“自欧洲战事爆发，日本国已然侵占了我山东青岛，强占了我胶州湾……一直以来，国人对西方列强心存幻想，自以为他们忙完欧洲战事，定会仗义出手相帮，为中国人主持公道。”语音未落，一旁的同学长叹一声，怆然道：“国人一度天真地相信，高举门户开放大旗的威尔逊，乃是天下第一号大善人，正义使者，然而眼下又如何？”摇摇头，恨声又道：“同学们，老师们，大家该醒一醒了！是谁出卖了我们？”众人听得瞠目，礼堂里一时寂静无声，他接着道：“出卖我们的，正是那些稳坐于凡尔赛宫，长谈阔论的无耻政客！他们弃信忘义，事实铁证如山，那些在欧洲瓜分战利品的列强国，如今又妄想着连同我们一起瓜分掉，更可恨是我们的政府，却试图在这样的一份合约上签字！此而可忍，孰不可忍，同学们，政府卖国，我们该怎么办？”

邓中夏率先高呼："打倒无能政府！"

台下同学齐声应和："打到他！砸烂他！"

张国焘一跃踩在椅子上，早已扯下的一块白布，上面写着"还我青岛"，白底墨字，分外明亮。他将标语高举过头，振臂大呼道："还我青岛！"

台下众人齐声斥道："严惩卖国贼！还我国土！"

人声鼎沸，声振屋瓦。

邓中夏喊过几声，望向张国焘，道："国贼乃何人？"

有人在一旁听到了，道："外交次长曹汝霖，国贼！"

张国焘于是在台上再喊："打倒曹汝霖！打倒国贼！"恨声再道："驻日公使章宗祥，国贼！"

罗家伦站在队尾补充一句："别忘了交通专员陆宗舆，国贼！"

群情鼎沸。同学们跟着怒喝："声讨章宗祥！声讨国贼！"口号一声高过一声。

大栅栏附近。邓中夏立于高阶之上，道："甲午年，我们战败，台湾丢掉了。如今我们战胜又如何？山东照样丢掉！如此以往，中国虽大，还有多少土地可以丢？"他看向台下，又道："打仗输了，被割地。仗打赢了，照样要被割地，这便是列强的逻辑！人为刀俎我为鱼肉，中国在列强眼中，根本也算不得人……"

一位女学生站在人群中高声道："同学们，同胞们，大家睁开眼睛好好看看，大江南北，国权沦丧，长城内外，租界林立。自清末以来，中国一忍再忍，一让又让，今天，非但西方列强欺辱压榨，竟然连东洋倭寇，亦跟着有样学样，要骑到我们脖子上来了！我们要怎么办？"

众人齐声高呼："誓死不做亡国奴！"

邓中夏立于台上凛然道："堂堂大山东，孔夫子的故里，管仲的家乡，倘若山东都要给日寇强占去了，有朝一日，到了地界，吾辈还有何颜面面对列祖列宗？"

有人怒喝道："小日本这就是掘中国人的坟！决不能忍！"

前排一位女学生，道："今天，事实摆在面前。巴黎和谈失败，列强出卖了我们，出卖了四万万同胞，出卖了公平与正义，出卖了人性与良知，试问，他们还有什么不能卖，不敢卖？"声音已经嘶哑，咳一声清清嗓子，又道："如此简单明白的道理，我们的政府却装作看不明白，如此明目张胆的凌辱，钱能训内阁居然可以忍得下，他们是什么总理督办？不，他们是完全彻底的列强帮凶，是汉奸卖国贼……"引来一片掌声。

方豪与张国焘举肩并立，道："我们是北大的学生，学生本应该安心学业，然则民有倒悬之难，国临存续之危，警惕呀！我们的政府宁可做缩头乌龟，莘莘学子如若不挺身而出，还有什么人能依靠？"又道："我们今日结队前来，就是要向徐世昌大总统请愿，我们要向国务总理请愿。我们要让民众明白，我们究竟要什么？我们要让黎庶洞悉巴黎的阴谋，没那么容易得逞……"

有人在人群中大喊："不论他是什么人，胆敢亡我中华，企图割占我国土，我们必将与其血战到底！"

在不远处的另一个街头，匡互生正在演讲，愤然道："胶州尽失！山东亡矣！国将不国，族灭有期！"双拳紧握，在空中扬了一扬，又道："四万万同胞团结起来，众志成城，誓死捍卫中华！"

四周围聚之人，渐聚渐多，跟随呼应道："外争主权，内惩国贼！"

王府井大街。学生自发组织演讲，讲至高潮，喝道："美国总统威尔逊，天下第一号大骗子！他欺骗了中国人！他侮辱了中国四万万同胞！”

抗议声四起，台上之人声声带泪，高声道：“国家有难，匹夫有责。就在今日，我们誓将捍卫国土。国人不怕死，我们定要以血还血！”众人不禁泪眼凝波。

群众的爱国之情，瞬间被点燃，五四爱国运动的序幕，就此徐徐拉开……

时光追溯至再早前。1918 年 5 月，为反对政府与日本签订《中日防敌军事协定》，留日学生代表紧急回国，进驻北大，进行巡回演讲。

由罗家伦作为代表发言，提议全体同学赴新华门请愿，促成日后，亦即 5 月 21 日，北京各校逾两千多名学生到总统府抗议游行之事。

段锡朋（1896—1948），字书诒，江西永新人。1916 年入北京大学政法科学习。1918 年发起创办《国民》杂志。1919 年五四运动，参与组织学生集会游行，被选为中国学生联合会第一任主席。

匡互生（1891—1933 年），字人俊，号务逊，又号日休，湖南邵阳人。毕业于北京高等师范学校。五四运动天安门大会会后游行的三位主要组织者之一。

实际上，罗家伦在学生中的影响进一步彰显，是因为新潮社以及《新潮》月刊，及其积极参与推动文学革命与新文化运动。早在 1918 年底，罗家伦与傅斯年、徐彦之等人共同创办新潮社。

《新潮》创刊号出版于 1919 年 1 月 1 日。第 1 卷共 5 期，罗家伦发表 13 篇文章；第 2 卷共 5 期，罗家伦发表 22 篇文章。

起初，文学革命遭到学校一些人的攻击与反对，罗家伦连夜撰写长文《驳胡先骕君的中国文学改良论》，反驳胡先骕对胡适与陈独秀等人的攻击。而五四时期影响深远的易卜生的名剧《娜拉》，则是由他与胡适共同翻译，首发于《新青年》。

胡先骕（1894—1968），字步曾，号忏盦，江西南昌人。1919 年在《东方杂志》发表《中国文学改良论》一文，站在中国传统文化的立场上，对北京大学陈独秀与胡适等人所倡导的白话文与文学革命提出质疑批评。

尤其使人刮目相看的是，《新潮》刊名由罗家伦定名。而“五四运动”一词，亦出自罗家伦之口。

那么，罗家伦何以成为五四学生运动领袖的？

校长蔡元培坚信，要让学生发动起来督促政府，借以抵制抗议政府在不平等和约上签字。此举实为无奈之举。五四运动开始前，蔡元培忖度再三，只通知个别的学生领袖，由他们自己去组织并领导。

1919 年 5 月 4 日，上午 10 时，罗家伦刚从城外北京高等师范学校回到北大新潮社，正欲随大部队前往天安门游行，大门訇然被推开，同学狄福鼎急匆匆而来，且行且大声对罗家伦道：“今天的运动，不能没有宣言，北京八校同学推举我们北大起稿，你来执笔罢！”

急如星火之际，罗家伦义不容辞，便立于长桌旁，俯身弯腰，奋笔疾书，匆匆起草《北京学界全体宣言》。

《宣言》仅100多字，纵观全文，虽慷慨淋漓，豪情满怀的行文之中，并无采取过激行动之意，只是呼吁全国民众，要关注青岛山东问题。而关于“外争国权，内除国贼”，亦只是寄希望于“国民大会”的召开。

是日，下午1时半许。北京13所学校师生，逾3 000人，齐集于天安门广场，演说言简意赅，随后，学生纷纷列队，由天安门南出中华门，向东交民巷各国公使馆前进。

游行队伍，由傅斯年任总指挥，按照既定路线出发。大批师生，手执横幅标语，挥舞旗帜，群情激昂走上街头。队伍中不时高呼：“还我青岛！还我国土！”“大家勿做亡国奴！”引发众声附和。

斜对面的街角，李大钊被层层围观者包围，他立于一辆黄包车上，疾呼道：“以前，我们谈论新文化，又谈旧文化，仿佛水火不可相容，如今不同了，日本国要断我们文化的根，根已断，还谈何文化？更枉论什么新旧……”略顿一顿，目光炯然扫向前方，又道：“同学们，同胞们，1789年的法国革命，是18世纪欧洲革命之先声，1917年的俄国革命，则是20世纪世界革命之先声，我们今日之行动，乃是中国美好未来之先声！”掌声轰鸣，待众人稍平复，他继续道：“此刻，眼前，当下，每一位能亲身参与这场革命的人，我们必将感到无上光荣，无比幸运！”

诸君不妨阖目凝神细想。1919年5月的北京，正值春暖花香，民众之爱国热情，亦在一天天地高涨。天高日晶，5月4日这天，群众环集如堵。马路两旁，越来越多的民众选择自发加入，游行队伍逐渐壮大，行进途中不断向空中抛洒传单。

街角有人家的窗子开着，玻璃窗里露出一张老妇人的面孔。屋顶高深，那妇人站在窗前，她只是怔怔痴看。窗台上有一盆什么花正开着，香气云雾沌沌，因为开得烂漫，红的从心子里发了白。那口号声穿街越窗而来，老妇人似乎骤然间回过味来，亦跟着挥舞拳头，红了眼眶。

掩卷沉思。大概也只有文学家，才会如此关注这些日常生活细节。冰心先生四十年后曾这样追忆，念兹在兹："那天窗外刮着大风，槐花的浓香熏得头痛……"（参见《回忆五四》文）

而王统照先生的描述，则更为生动详实："天安门前，正阳门里大道两旁的槐柳，被一阵阵和风吹过摇曳动荡，而从西面中山公园（那时叫中央公园）的红墙里，飘散出来各种花卉的芬芳，如在人稀风小的时候，也还可以闻到……"（参见《回忆北京学生五四爱国运动》一文。）

冰心（1900—1999），原名谢婉莹，福建福州人。1918 年入读协和女子大学理科，开始向往成为医生，后受五四运动与新文化运动影响，转文学系学习。曾被选为学生会文书，投身学生运动，并因此参加北京女学界联合会宣传股的工作。

王统照（1897—1957），字剑三，笔名息庐、容庐，现代作家，山东诸城人。1919 年五四运动时，从事新文学创作，参加火烧赵家楼的示威活动。

然而，1919 年的春天，却被部分民众漠视了。

亡国危如累卵，世人的目光，完全投向天安门前呐喊如潮的青年学子。红墙黄瓦之下，那穿过洪水似的一层新绿，游行行进中，罗家伦始终走在队伍最前端。

当到达东交民巷使馆区附近时受阻，受到反动军警的严密监视。经紧急协商后决定，推选学生代表罗家伦、匡互生、傅斯年、段锡朋，前往美国公使馆进行交涉。目的是向美英等国公使递交说帖，借以表明誓死收回山东权益之民意，并请求美国公使瑞恩施，转达此意给美国政府："于和平会议，予吾中国以同情之援助……"

离开东交民巷后，学生们的怒火更为高涨，愤怒的学生们振臂高呼："我们去根除国贼!"队伍遂向赵家楼胡同曹汝霖宅进发。

显而易见，此举俨然与示威游行组织者的初衷相去甚远。在天安门广场前开露天大会决定游行之初，本意为逼迫总统府拒绝在巴黎和约上签字，并惩办曹汝霖、陆宗舆、章宗祥三个卖国贼，之后再到东交民巷使馆区，向外国驻华使馆表达中国人民的立场与态度。

总指挥傅斯年眼见局势严峻起来，极力劝说大家，务必要"有纪律的抗议"，然而为时已晚。众人愤怒的火焰瞬时被军警强加干涉所点爆。

罗家伦不愧为胡适之高足弟子。这份以白话文草拟而成的宣传单，深入浅出，言近旨远，显然十分适合于民众之间传播。

不时有路人接到传单，驻足停留，立于路旁念起来。

笔者不妨将全文摘录如下：

五四运动宣言：

现在日本在国际和会，要求并吞青岛，管理山东一切权利，就要成功了。他们的外交，大胜利了。我们的外交，大失败了。山东大势一去，就是破坏中国的领土。中国的领土破坏，中国就要亡了。所以我们学界，今天排队到各公使馆去，要求各国出来维持公理。务望全国农工商各界，一律起来，设法开国民大会，外争主权，内除国贼。中国存亡，在此一举。今与全国同胞立下两个信条：

（一）中国的土地，可以征服，而不可以断送。

（二）中国的人民，可以杀戮，而不可以低头。

国亡了，同胞起来呀！

此处赘述一笔。相较于罗家伦宣言的“简单明了”，另一份宣言，则是出自北大学生许德珩笔下，他拟写的《北京学生界宣言》，无疑要激进许多。笔者亦不妨摘录如下：

我同胞有不忍于奴隶牛马之苦，极欲奔救之者乎？则开国民大会，露天演说，通电坚持，为今日之要着。至有甘心卖国，肆意通奸者，则最后之对付，手枪炸弹是赖矣。危机一发，幸共图之！

多年后，据许德珩回忆，他是受委托方才为五四运动写下宣言，却不知何故，彼时同学们大多对此并不知情。他人日后的回忆中，亦极少见到有关此事的只言片语。

许德珩（1890—1990），原名许础，字楚生，江西德化（今江西九江县）人。1911 年，辛亥革命爆发，九江光复。许德珩以许础的名字，投笔从戎。1913 年，在孙中山的领导下，国民党人发动了二次革命。1915 年初，许德珩考入北京大学后，结识了李大钊、毛泽东等人。经李大钊介绍，参加少年中国学会，并与邓中夏等人组织北京大学平民教育讲演团，向人民群众进行宣传，以扩大新文化运动与爱国民主运动的影响。是全国学生统一组织

“学生救国会”创办的《国民杂志》负责人之一。五四运动中，许德珩是著名的学生领袖之一。受北京学生联合会的委托，起草了《北京学生界宣言》。

而由罗家伦执笔的宣言，则是五四那天唯一的印刷品。宣言一蹴而就，即刻交付印刷所。原计划印制五万份，然则直至集合出发，方才印出两万份，于是只将这两万份拿到街头四处散发，成为人尽皆知的五四文件，广泛流传至今。

多年后，罗家伦曾这样回忆，说起自己当时的状态，完全是“像面临紧急事件，心情万分紧张，但注意力非常集中，虽然社里人来人往，很是嘈杂，我却好像完全没有留意。写成后也没修改过……”字字珠玑，语言朴素，却十分精准地表述此次学生运动的目标与宗旨。

更值得一提的是，5月26日，运动尚处于高潮之中，罗家伦趁热打铁，对运动进行文字总结，写就《五四运动的精神》一文。

那么，五四运动究竟显示着什么样的精神？

罗家伦这样认为，三种精神“关系中国民族的存亡”。即：“学生牺牲的精神”“社会制裁的精神”“民族自决的精神”。

梁漱溟（1893—1988），原名焕鼎，字寿铭，曾用笔名寿名、瘦民、漱溟，后以漱溟行世。原籍广西桂林，生于北京。1918年1月，与陈大齐等人在北大发起组织哲学研究会。5月，北京爆发学生运动，在《国民公报》发表《论学生事件》。6月始，撰写《东西文化及其哲学》，欲以此书为《孔家哲学》《唯识述义》两书之“引子”。

方豪（1894—1955），字椒新，又名兆鼎，浙江金华人。毕业于北京大学法学院。是五四运动时期的学生领袖之一。

邓中夏（1894—1933），又名邓康，字仲澥。湖南宜章人。1919年3月，邓中夏等发起组织北京大学平民教育讲演团，带领讲演团的同志到街头演讲。5月4日，邓中夏与北大同学一起，参加了具有历史意义的反帝爱国运动，后被推为北京联合会总务干事。1920年3月，在李大钊的领导下，邓中夏、何孟雄、黄日葵、高尚德、罗章龙等秘密组织了马克思学说研究会。

谢绍敏（1896—1939），字灵溪，贵州赤水人。五四运动中北大学生领袖。

刘仁静（1902—1987），又名亦宇、敬云，字养初。湖北应城人。刘仁静是党的一大代表，在13位代表中，刘仁静是最年轻的一个，当时年仅19岁。1919年参加五四运动。

钱能训内阁：1918年10月10日段祺瑞辞职后，钱能训代理总理职务。1918年12月14日经国会通过，成为正式国务总理，组成钱能训内阁。1919年6月13日，随五四运动浪潮席卷，辞职下台。

火烧赵家楼

话说，当学生的游行队伍被军警加以干涉阻挠之时，徐世昌正在总统府内紧急召开内阁会议。在座各位长吁短叹，蹙额摇头。徐世昌面色凝重，会议气氛十分紧张。

会议室的门訇然给推开，曹汝霖疾步而来，附耳与徐世昌立谈几句，低声道："学生根本拦不住，现在满大街都是……"徐世昌不发一言，扫一眼四周，他又道："刚接到线报，学生们此刻正在去往东交民巷……"语音未落，徐世昌一巴掌拍在桌上，火高三丈道："幼稚！可笑！二十年前义和团围攻使馆区，后果如何?"瞥一眼曹汝霖，自问自答："后果便是八国联军挺进北京城！即刻下令，紧急调集全部警力，不遗余力进行拦截！"

坐在一旁的步军统领段芝贵，听闻此言，起身立定，大声道："明白！"大步流星而去。

其时，东交民巷使馆区附近，学生队伍被巡捕和反动军警阻隔于警戒线之外。双方对峙，空气中仿佛能听见电流声，剑拔弩张，冲突一触即发。

学生方豪高扬右臂，冲着大铁门的方向喊道："美国公使出来！我们要求与美国公使对话！"

自然无人应答。良久默然，来了一个警察，已经不年轻了，他望向众人，带笑道："同学们，稍安毋躁呀。"众人七言八语，嘈嘈聒耳，他又道， "公使大人的确不在，一早出外，没回来……"一语未竟，立刻给口号声吞没，众人高呼："缩头乌龟！美国公使出来！"

那老警察连腮带耳的红了脸，面露惶恐，略忖了一忖，悻悻然掉转身走了。

方豪立于使馆大门外的高阶之上，呼呵道："既然公使不在，那我们便静坐稍候。此事意义非凡，今日必须讨他一个说法！"言毕，径自一屁股就地坐下，招呼大家道："同学们，坐下坐下，原地死守！"

同学们纷纷席地而坐，队伍中有人斥道："就不信他不回来。我们等！"

刚才那位老警察，远远地望向这边，此刻看见学生们齐刷刷原地坐下，不禁皱眉摇头，忖量再三，近前几步，跟方豪耳语道："小同学，此事非同小可，乃中国人自己的事，应该关起门来论长短。"不待对方开口，又道："跟美国人完全不搭界，徒增笑耳。不如去找外交部交涉……"

这一番话，倒是提醒了方豪，他看一眼那老警察，并不作答，立起身来面向大家，道："同学们，走，我们去找外交部干涉！"

众人听罢，略忖了一忖起身，就见刘仁静从队尾挤过来，抬手搭上张国焘的肩，攒眉道："特立，万万不可，不能冲击外交部呀！"张国焘面露恍惑，不明所以，他又道："冲击外交部，我们有理亦等于没理，还会给政府抓住话柄……"没往下继续说，只是摇头。

张国焘纳下头独自思索着，默然片刻，疾步走至队伍正前方，大声道："大家安静，同学们静一静。"众人安静下来，他又道："冤有头债有主，我们即刻奔赴曹汝霖家，找外交总长说理去！"

大家欣然同意，方豪亦觉有理，抬手一挥，道："走呀！去赵家楼！"

人潮挨山塞海，汹涌的抗议口号声中，学生们纷纷立起身来，重新列队开拔，浩浩荡荡向着赵家楼的方向挺进。

游行队伍昂首阔步一路朝前，朝前。口号声震天，直冲入九霄。方豪走在最前面，且行且大声地呵斥道："美国佬出卖了我们，威尔逊出卖了中国四万万同胞，我们怎么办？"

"打倒美帝国主义！"吼声雷嗔电怒。

许德珩高声道："无能的政府出卖了国人，我们怎么办？"

"坚决打倒无能政府！"怒吼声排山倒海。

十字路口，游行队伍再次遭遇军警拦截，手中的警棍在空中上下挥舞，有学生瞬间倒下。

邓中夏无所畏惧，挺身向前，道："跟无能政府交涉！"

众人齐声附和："政府无能！爱国无罪！"

马路两旁，沿途有不少行人，停留驻足，此刻亦跟随疾呼："学生无罪！爱国无罪！"一时间百喙如一，警察听罢亦只是摇头。

人群中但见有胆大的学生越众而出，立于队首，面朝军警，咄咄道："各国变法，无有不流血者。今日之中国革命，我们不惧危难，纵然是槊血满袖，马革裹尸，亦在所不惜！"转头望向众人。从他身后挤过来一个同学，高呼道："同学们，今日，此刻，革命自吾辈起始。我们冲过去！"言毕，径自率先朝前冲去。

学生们接踵相从，不约而同行动起来，合力将路障抬开，人潮顿时如江水决堤，锐不可当，军警茫茫然手足无措，眼睁睁看着学生队伍冲将过去。

只一霎眼的功夫，激流人潮已经将赵家楼的大门层层围裹，风雨不透。正门紧闭，有学生抬手拍门，连声呼喊未果。张国焘大喊道："那三个国贼，此刻定然就躲在里面，密谋卖国，自求苟安，同学们，我们怎么办？"

"砸门！砸烂它！"众声怒喝。

邓中夏挥拳高呼，道："国贼出来！揪出国贼！"

方豪在一旁应声道："砸门！大家砸门冲进去！"

张国焘苦于赤手空拳，英雄无用武之地，纳下头忖度着，一眼瞥见不远处的院墙根下，横七竖八有几根圆木。人急智生。

大门紧闭，有人隔着缝隙往里潜窥。院内空无一人，但见高阶之上，正屋的屋檐下挂有各式各样的灯。红纱罩垂着排须，宫款描画八角油纸罩，静悄悄的只见灯亮着，并无任何响动。

大门外，学生们合力而为，抬起圆木直撞向大门。沉闷的声音，砰地一声，砰的又一声，穿云裂石般传得很远。

其时，在屋内，曹汝霖与章宗祥对坐，一时神思恍惚。耳畔传来学生的怒喝声，不禁两股战战。

门外的撞击声越发大了，一下又一下，砰砰砰砰，屋内之人听得不禁胆寒，几个人都默然了。

章宗祥夫人早已魂飞魄散，忽觉力倦神疲，伏在桌上抽泣起来，双肩抖动，呜咽道："在日本，出门便给人追着骂，回来还不是一样……"

章宗祥怔怔呆坐，望着夫人唉声叹气，悄声劝道："哭有何用？不要哭。"

曹汝霖立起来又坐下，方寸已乱，芒刺在背。

张国焘率领众人，仍在奋力撞门，然而那门实在过于坚固，撞了这些时候，仍纹丝未动。

匡互生站到一旁，远远望着赵家楼的高墙，若有所思。忽见墙外有根电线杆，计上心来。将外衣脱掉，摊开双手啐一口，后退几步，屏息凝神，猛然间发力，加速朝前奔至墙边，纵身一跃，抱住那根电线杆。大家隔了几秒方才反应过来。匡互生已经爬上去了。

邓中夏与方豪等人，在下面仰起头望着，握拳道："人俊，加把劲呀！小心呀！"给匡互生打气。

匡互生顺着电线杆往上爬，稳稳地骑坐在墙头上，几个同学鼓掌叫好。斜对过的马路边，有人驻足观看，此刻不禁跟着大叫一声："爱国无罪！好样的！"

匡互生整个人忽然怔住了。

一墙之隔的院子里，几个腰挂驳壳枪的警察站着，如临大敌。显然他们已经看见了墙上这位不速之客，然而并不作声，只是看着他，神色漠然，似乎与己无关。

墙外的同学发现匡互生良久默然，不明所以，张国焘大声地催促道：“匡互生，你倒是跳呀！快跳进去开门呀！”

墙上之人，置若罔闻，望着院内只是呆看。

邓中夏等得心焦，跺脚道：“都什么时候了，还发呆？”

方豪喊一声“匡互生”，道：“怎么回事？你在看什么？”

待众人心情平复，匡互生方才缓缓掉转身来，俯身道：“里面有警察！”无奈中带了一丝遗憾似的。

下面的学生于是返回到大门前，抬起圆木继续撞门，有人喊口号，匡互生骑在墙头情难自禁，亦大声跟着喊，给大家鼓劲。

“加油，再加一把劲儿！”

只听得咣当一响，门闩被撞断。

然而大门还是没有开。门背后另有一条粗铁链拴着。

学生们隔门而望，开始向军警喊话。

张国焘率先开口，慨然道：“里面的兄弟们，你们为什么当兵？”自问自答道：“你们是国家的武力，绝非曹家的护院犬！”言下是恨铁不成钢的口吻。

身后的学生跟着喊：“为什么来这里！你们不该来！”

正屋的窗子，紧挨着一棵老树。此时正值初夏之际，不同于八月的纷繁金黄，五月的银杏树多了一丝独属于初夏的葱茏，熏风妩媚，群鸟啁啾，冒出绿意的枝杈映在淡灰色的天上，大太阳煌煌地照着。院内之人，只笔直地朝前盯眼看着，一动未动，并不作声。

方豪见张国焘的一番话并不奏效，在一旁恨声道：“当兵的各位兄弟，你们身上所穿的衣，你们手中的枪，还有你们每月所领取的军饷，无一不是民脂民膏，你们难道不应该扪心自问，究竟为何来这里？究竟是谁的帮凶？”

邓中夏听得胸中愤然，近前几步，大声斥道：“当兵何为？你们有本事去跟小鬼子拼命，守在此地做什么？”身后有人高呼：“给国贼看家护院！国贼帮凶！”

激愤的学生涌入曹府，曹汝霖知道学生队伍来了，仓皇躲藏起来。

放眼四顾。有同学已经直冲入屋内，翻箱倒箧。堂屋正中的红木八仙桌上，古玩瓷器瞬间粉碎，花瓶落地，阳光下满地金光。大家拳无正形，得空便揎。曹汝霖的父亲曹成达在一旁已经吓傻，隔了几秒方才恍悟，拄着拐杖强撑着立起身来，嗫嚅道：“那，那……那可是景德镇的哪……”

学生们置若罔闻，照旧把能砸的东西通通砸烂，墙上所贴字画，一把扯下，扯得粉碎。但见屋内屋外，人头攒动，尘灰飞扬。

章宗祥拉着夫人躲在墙角一隅，抖如筛糠。

邓中夏从里屋出来，与张国焘四目相视，低声道：“曹汝霖不在。”

有同学纳下头不作声，独自思索着，道：“里外仔细搜过了？”

一旁的方豪道：“全搜遍了。的确没有。”

屋子一角，匡互生埋头一通大忙，正把书籍报纸，幔帐布匹，绫罗绸缎，连带着将床单被罩，大量衣物，一股脑堆聚于窗前。张国焘叫声“匡互生”，纳罕道：“这是作甚？”

匡互生纳下头只是忙活，不知叨咕了一句什么话。

大家四处翻腾搜寻，此刻纷纷掉转身来看着匡互生，就见他将煤油灯拿过来，打开，煤油尽撒。

众人始醒过来，只听方豪道：“此举不妥……”语音未落，匡互生已经点燃一根火柴，顺手一扔，只听轰然一声，火苗直蹿起来，刹那间熊熊烈焰掀天铄地，火烧起来了。

方豪来不及多想，招呼大家："立刻外撤，快快！"

火势迅速蔓延。刚才不知躲于何处的曹府家人、下人，此刻纷纷抱头四散，各自逃命。两个家丁架起曹汝霖的父亲，连奔带跑，走得跌跌撞撞，从后门逃将出去。

浓烟滚滚，烟焰冲天。火势正炽，噼噼啪啪一阵响，仿佛除夕之夜的鞭炮声，滚滚传到街面上来，一时间火光不绝。忽见章宗祥护着夫人，从锅炉房直冲出来，帽子跑丢了也不知道，恰好给匡互生一眼瞥见，见其西装革履，皮鞋锃亮，大喝一声："曹汝霖，哪里逃！"

众人闻讯，纷纷赶来。

章夫人脚步踉跄，几乎跪倒，嗫嚅道："他……他……他不是曹汝霖……"声音带了哭腔。

章宗祥立时怔住，呆着脸踌躇出神，隔了几秒方才回过味来，哈腰带笑道："同学认错人了，我真不是曹汝霖……"

有人呵斥道："不是曹汝霖，你跑什么？"

匡互生道："报上名来！"

章宗祥近前几步，含笑道："我……我……我是……"语不成句，欲言不言似的。

匡互生怒目而视，憎其啰嗦，道："你究竟是什么人？"

章夫人已经涕泗交颐，章宗祥纳下头小声道："我只是来打牌的……"

方豪从斜对面的屋子里出来，恰好看见这一幕，高声斥道："国贼章宗祥！别让他逃了！"

同学们将二人团团围住。

刹那间，但见浓烟直冲苍穹，火势熊熊，已经将赵家楼彻底吞噬。

大批军警闻讯赶来，众人纷纷四散，但仍有不少学生被逮捕。

1919年5月4日，四九城内外，举城惶惶不安。

隔日，有关学生运动的新闻报道，在各大报纸刊发。

街巷之中，忽听得一片极为惧怖之声，远近而来，自西渐东。马路沿街店铺的大门，响起一片关门声，排门板如疾风暴雨，不约而合。

报童的吆喝声，隔条街远远地传过来："号外！号外！近百名学生被捕！"凄厉不同以往，引发民情激愤。

五四运动爆发后，北洋军警开始全城抓捕游行学生。捕面甚宽。

四九城内外，瞬时间鹤唳风声，草木皆兵。

5月4日当晚，北大学生群集于三院大礼堂内共同商讨对策。

蔡元培立于讲台前，放眼四顾，悲声道："同学们，你们今天所做之事，我全都知晓。我寄以相当的同情。"此话一出，全场掌声雷动。他又道："我乃全校之主，自当尽职尽责，诸多学生被抓捕，我责无旁贷。"双目炯炯，怆然道："三天之内，势必要将被捕的同学营救回来。"

站在前排的一位女同学，个子高挑，眉目如画，带头高喊道："学生万岁！爱国无罪！"

她叫陶毅，字斯咏，同学们习惯称她陶斯咏。跟毛泽东是同乡，湖南湘潭人。出身富商之家的陶斯咏，为20世纪20年代初长沙学界的巾帼英雄，风云人物。时有"长江以南第一才女"之美誉。其时，她是湖南学生联合会与湖南各界联合会副会长，毛泽东是理事。

同学们跟着陶毅高呼："学生无罪！爱国无罪！"

罢课后的某日，北大图书馆走廊尽头，教授辜鸿铭刚刚走出办公室，随即被一群学生层层包围。

几十双眼睛怒目相视，辜鸿铭将辫子往背后一甩，瓜皮帽正了一正，看着学生，道："有何贵干？"且说且行，走不出几步又站住。

罗家伦恨声道："请问冬烘先生，读罢你写的《春秋大义》，心生钦佩。既侃侃而谈大义之道，自然该明白夷夏之辨。如何区辨华夏与蛮夷？"不待对方开口，又道："就在近日，你却在日本人的报纸上撰文，大骂特批，说学生是暴徒，是野蛮人，请问你的大义何在?!"

身后的学生，逐队成群而来，霎时间，七言八语，愤然声讨。

辜鸿铭敛手低头，殊形局促，走又走不开，答又答不出。一时束手无策，渐渐涨得满面通红。

罗家伦追问道："你这是狼狈为奸！是为虎作伥！"

辜鸿铭听得此言，鼻子里哼一声，不屑道："有理不在声高。"又道："想当年，老夫连袁世凯都不惧，难不成会怕你个毛头小子？"言罢，纳下头奋力挤出人潮，疾步而去。

1919 年 5 月 7 日，徐世昌政府迫于多方压力，所有被捕学生保释出狱。

隔日，蔡元培向政府提交辞呈。

同年 5 月 9 日，蔡元培被迫秘密离京。

这天，北大热烈欢迎被捕学生归校。庆典如火如荼。李大钊猛然间看见陈独秀独自端坐一隅，默无一语，脸上分明不见一丝喜悦，走过去叫声“仲甫”，侧身附耳道：“学生无罪释放，怎么不高兴?”又道：“有心事?”

陈独秀纳下头不作声，独自思索着，默然片刻，忽道：“此刻你我额手相庆，请问喜由何来?”又道：“真的到了率土同庆之时?”

李大钊听得默然。

陈独秀慨然道：“休要高兴得太早，当心乐极生悲。”一旁的学生听说，面面厮觑，有些恍惑，他又道：“革命尚未成功，你我尚需努力。”

他说一句，李大钊略一点头，表示领会，看一眼兴致勃勃的学生，叫声“仲甫”，然而未及开口劝，陈独秀已经立起身来，转身便走。

第五章
唯待契机，建党在即

陈独秀被捕

五四运动之后，神州大地一时春风化雨。然则拨开表象，内里早已是八花九裂，千疮百痍。中国百废待举，急如星火。

其时，清遗、军阀、官僚，各方势力并不轻易愿意主动退出，纷纷于历史的舞台之上极尽所能。

不远处，西方列强虎视眈眈，窥探已久。

正值内外交困，国难当头之时，共产国际在华之影响，悄声蔓延，已然逐日扩展开来。

某种力量正蓄势待发，唯待契机，建党在即……

1919 年 6 月 3 日至 4 日，全国各地，又有近千名学生被捕。

6 月 5 日，上海工人罢工。须臾，商人罢市。全国各地纷纷响应。短短几天之内，举国上下，形势判如云泥，时局大变。

尽管被捕学生陆续被保释出狱，然则声讨国贼之民愤，已经点燃。

曹汝霖、陆宗舆、章宗祥，均被免职。

1919 年 6 月 8 日，五四运动蓬勃展开之时，北京大学等多校学生逾 700 余人被捕。陈独秀痛定思痛，为声援并鼓舞被捕学生，连夜一挥而就，撰写短文《研究室与监狱》，刊发于当日《每周评论》头版头条。

百字短文，精悍而又富有哲理，深入浅出，读来令人心潮汹涌。全文如下：

世界文明发源地有二：一是科学研究室，一是监狱。我们青年要立志出了研究室就入监狱，出了监狱就入研究室，这才是人生最高尚优美的生活。从这两处发生的文明，才是真正的文明，才是有生命有价值的文明。

然而，如何可以将革命斗争引向更深入？

6月9日，陈独秀与李大钊一宿未眠。二人面对面坐定，彻夜探讨商议，共同起草《北京市民宣言》。全文摘录如下：

中国民族乃酷爱和平之民族。今虽备受内外不可忍受之压迫，仍本斯旨，对于政府提出最后最低之要求如左：

（1）对日外交，不抛弃山东省经济上之权利，并取消民国四年七年两次密约。

（2）免除徐树铮、曹汝霖、陆宗舆、章宗祥、段芝贵、王怀庆六人官职，并驱逐出京。

（3）取消步军统领及警备司令两机关。

（4）北京保安队改由市民组织。

（5）市民须有绝对集会言论自由权。我市民仍希望和平方法达此目的。

倘政府不愿和平，不完全听从市民之希望，我等学生、商人、劳工、军人等，惟有直接行动，以图根本之改造。特此宣言，敬求内外士女谅解斯旨。（各处接到此宣言，希即复印传布。）

《宣言》起草完毕，陈独秀即刻将其交付胡适，嘱其尽快翻译成英文。

然而，将《宣言》印刷成传单，安全为首要因素。何处去印？

踌躇斟酌，李大钊建议，送至北大教授平时常去印讲义的嵩祝寺旁的一家私人小印刷所。

说走便走。当晚，陈独秀与高一涵相随前往。印刷所内只有两位工人，深知此事意义重大，警惕性极高，印刷完毕，立即将底稿与废纸付之一炬。传单印完，不觉已至深夜1点多钟。

窗外月色逾明。黎明即将到来……

高一涵（1885—1968），原名永浩，别名涵庐、梦弼，笔名一涵，安徽六安人。曾留学日本明治大学，攻读政法。1916年中旬，回国与李大钊共同创办《晨报》，常为陈独秀主编的《新青年》撰稿，并协办《每周评论》。新文化运动的主力军之一。

此刻，陈独秀伫立于窗前，凝神细思。北京市民对《宣言》将会作何反应？忖量之下，决定试探一二。天刚蒙蒙亮，与友人首先来到中央公园。茶余饭后，北京人多习惯来此遛弯，吃茶，乘凉，闲谈面晤。人渐至渐多，热闹起来。

陈独秀看一眼四周，将传单随手搁置于尚无人坐的一张石桌椅凳上，捡块石头压住，掉转身走开，躲于树后静观。

不一会，有人至。看到传单，且看且读，读罢不禁喝彩，大声叫好。彼此互相传阅开来。陈独秀悬着的一颗心此时方才落了地，紧张的神经彻底松弛下来。

宣传单在中央公园受到热拥，陈独秀信心十足，要尽快尽广泛地将传单散发出去。然而地点选哪里为好？

永安路北侧，香厂路上有家新世界游艺场，从早到晚，张袂成阴，来往观者不绝。成为陈独秀下一个散发传单的至佳场所。

1919年6月11日，晚7时许。

夜色将阑。陈独秀受友人邀约，赶至“浣花春”餐馆，马路斜对过便是新世界游艺场。来前，陈独秀功课做足，随身携带约上千份传单。

好友相聚，且笑且谈，十分愉悦。餐毕，约9点半许，陈独秀与友人再立谈几句，便匆匆告辞。径直赶往新世界游艺场。

西装革履，头戴白帽的陈独秀，进得新世界游艺场大门，抬眼一瞥，见戏场、书场、台球场内，皆有电灯数盏，烁烁耀目，亮如白昼。不好下手。略忖了一忖，拾级登楼，径直爬上五层的屋顶花园。

此地游人甚少，因为没有电灯，漆黑中那戏台愈显澄亮。台上女演员的绸裙夸张一抖，柠檬黄的水袖没甩好，重新再来一遍。立于墙边看戏之人不禁笑出了声。戏台两侧，是一对盘金黑漆方柱，金芒烁烁，“禁止喧哗”与“保持肃静”左右对称。戏台顶子上挂着大自鸣钟，此时已近夜间10点钟。

从陈独秀站着的位置望过去，戏台正对面是四层的楼台，正在放露天电影。41岁的陈独秀，独自会心一笑，轻声吟诵一句，“独立高楼风满袖”。掏出一把宣传单来，凭空用力一挥，那传单霎时如雪片般飘然而落。仿佛电影慢镜头，隔了几秒钟，观影之人惊诧之余，纷纷仰头探寻。

全场骚乱。

陈独秀只是尽力抛撒传单，一抓一把，且越抛越快，越多，随传单抛出去的，还有久积于胸的愤懑。

殊不知，新世界内外，早已有众多密探与警察蹲守。

几日前，外右五区警察署查获一张宣传单，上面写有“近日即将在新世界游艺场内安置炸弹”字样。即刻加派大批区警署侦缉队便衣。步军统领衙门，亦接到上级命令，令其加派密探严加防范。日升月落，于游艺场楼层各处隐匿蹲守。守株待兔，只待案犯露头。

夜色渐浓，观者渐至渐多。当白衣白帽的陈独秀昂首阔步而来，楼上楼下频繁穿梭之时，已经引起便衣注意。因其西服为白色，且怀揣大量传单，黑暗中愈显膨满，醒目异常。

一霎眼的功夫，警察拾级而上，步军统领衙门的密探紧随其后。正当陈独秀准备再次抛洒传单，耳畔传来一声大喝：“不许动！举起手来！”一语未毕，已经将陈独秀一把按住，双臂反拧。随即，从他身上搜出尚未来得及抛撒的传单厚厚一沓，以及信函几封。为避免引发更大的骚乱，警察与侦探脱下灰色大褂将陈独秀由头上罩住，即刻押往外右五区警察署。

陈独秀并不挣扎，似乎早有预料。

警察斥道：“何人如此大胆？”

陈独秀嗤的一笑，道：“《新青年》主编，陈独秀！”

一旁的密探呦呵一声，道：“一大把年纪的人，还冒充新青年？”

陈独秀不理不睬，只是冷笑。那人又道：“大庭广众之下，你撒什么疯？”

陈独秀用力昂头挺胸，扭头啐道：“你们这些给国贼看家的狗，自然不会明白何谓新青年。”

警察从背后大力推搡，斥道：“妈的。还豪横？马上就叫你尝一尝老子这旧青年的厉害。”且行且骂，出得门来。

陈独秀猫腰坐进车内，不屑地哼一声，没听清咕哝了一句什么话。

是日深夜，12 点已经过了，数百名军警随即奔赴北池子箭杆胡同 9 号，将陈独秀的住宅层层包围。连夜抄家。有人从家中搜出《北京市民宣言》传单数百张，以及杂志稿件与信札等数十件。

陈独秀被捕的消息一经传出，众声哗然。

其时，正值五四运动拔刃张弩，可谓八公草木，墨云压城。

各大报刊，社会团体组织，各界学者名流，甚至政界人士，纷纷强烈谴责北洋政府之逆行倒施。紧张的营救浪潮，随之而来。

媒体第一时间向社会披露此事。

1919 年 6 月 13 日，北京《晨报》率先报道有关陈独秀被捕的消息。

天刚蒙蒙亮，四九城内，报童穿街走巷，大声地吆喝："《新青年》主编陈独秀被捕！号外！号外！"报童的声音明显不同于以往，听得使人骇然。

6 月 14 日，上海《民国日报》全文刊发《北京市民宣言》。

6 月 15 日，《时事新报》刊登《陈独秀无端被捕》时评。

《民国日报》发表《北京军警逮捕陈独秀黑暗势力猖獗》述评，文中有这样的文字——"当此风潮初定，人心浮动之时，政府苟有悔过之诚心，不应对于国内最负盛名之新派学者，加以摧残，而惹起不幸之纠葛也……"

6 月 17 日，《申报》刊载《北京之文字狱》杂评，道："……陈独秀之被捕，益世报之封禁，皆北京最近之文字狱也……利用黑暗势力，以摧毁学术思想之自由……树欲静而风又来，是诚何心耶？"

《神州日报》与《时事新报》等诸多报纸杂志，接踵而从，亦纷纷发表消息与时论。

学界与教育界，全员皆动，即刻行动起来。

1919年6月15日，经北大学生齐肩并进，共同努力，北京中等以上学校的学生联合会，率先致函京师警察厅，以书面形式提出以下两点意见与建议：

> （一）陈先生夙负学界众望，其言论思想皆见称于国内外，倘此次以嫌疑遂加之罪，恐激动全国学界再起波澜。当此学潮紧急之时，殊非息事宁人之计。
>
> （二）陈先生向以提倡新文学新思潮见忌于一般守旧学者，此次忽被逮捕，诚恐国内外人士疑军警当局有意罗织，以为摧残近代思潮之地步。现今各种问题已极复杂，岂可再生枝节，以滋纠纷。

6月16日，北京大学教授刘师培，联名马裕藻、马叙伦、程演生、王星拱等诸位知名教授，逾40人，共同致函警察总监，言之凿凿，道："查陈独秀此次行动，果如报纸所载，诚不免有越轨之嫌，然原其用心无非激于书生爱国之愚悃。夙仰钧厅维持地方，向主息事宁人，商学各界钦感同深，可否于陈独秀宽其既往，以示国家爱护士类，曲予裁成之至意……"

陈独秀被捕，如同油锅中泼入一瓢冷水，顷刻之间激起轩然大波，并迅速传至四方。举国震动。

6月17日，江苏省教育会亦致函教育部："陈独秀被捕，众情疑骇，谓将兴文字之狱，查言论自由载在约法，学潮甫息，似不宜再激波澜，请从速省释，以免各方误会。"

6月20日，民国大学校长应善以，召集中国大学、北京高等师范学校、北京大学、新华商业专门学校等多家高校29人，联名致函警察总监，辞严意正，道："查陈独秀平日言论无论是否适当，然原其用意无非出于书生爱国之忱。窃念钧厅保卫地方，维护士类，素为学商各界所钦仰，可否于陈独秀宽其既往，以示国家宽大之至意。"

李大钊获悉陈独秀被捕，心急如焚，即刻组织北大学生，将陈独秀被捕的消息四处传播开去，希望通过制造社会舆论压力，以达到营救陈独秀之目的。

6月23日，北大学生黄昆仑致信全国学联，请求声援，信中写道——"夫苟使鼓吹新思想之人而受武力之摧残，是明与吾等运动之初意相背戾，且去吾等之目标更远矣。敢请同学诸君对于陈先生竭力营救，或出于示威运动亦所不惜……"

北京多校，皆有效仿文书。此处不一一赘述。

陈独秀的同乡，时为北大庶务主任李辛白，激愤之下，在《每周评论》上作诗《怀陈独秀》，亲自站在校门口大声朗读：

依他们的主张，
我们小百姓痛苦。
依你的主张，
他们痛苦。
他们不愿意痛苦，
所以你痛苦。
你痛苦，
是替我们痛苦。

路人纷纷驻足，听罢情难自抑，高呼：“陈独秀，好样的！”

霎时间，举国上下，四方八面的人士，合力营救陈独秀。

其时，北京与上海等多地的安徽同乡，陈独秀故友，以及在皖各界名流志士，自发走上街头奔走游说。

6月19日，《神州日报》主笔余裴山，致函安徽协会，道：“陈君独秀，为革新思想之先导，实吾皖最优秀之分子。今无辜被捕，不于陈君反对旧学说之时，乃遵在学潮澎湃之后，显系有意加害，闻且陈君被捕后备受虐待，且已染暑疾，似此殊为可危……贵会为吾皖最近之正大机关，似不能无一言，敢请即日电京请即将陈君释放。”

6月22日，章士钊分别致电龚心湛与王克敏等政界要人，谴责其“忽兴文网，重激众怒……”更怒赞陈独秀“英姿挺秀，学贯中西……向以讲学为务，生平不含政治党派臭味”。并坚定地言明自己与陈独秀为“总角旧交，同出大学，于其人品行谊知之甚深。敢保无他，愿为佐证……”敦促其“立予释放陈独秀。”

6月23日，经胡适、周作人等十二人商议，由胡适暂时接替陈独秀，主编《每周评论》，并连夜创作诗歌《威权》。全文摘录如下：

> “威权”坐在山顶上，
> 指挥一班铁索锁着的奴隶替他开矿。
> 他说：“你们谁敢倔强？
> 我要把你们怎么样就怎么样！”
> 奴隶们做了一万年的工，
> 头颈上的铁索渐渐的磨断了。
> 他们说：“等到铁索断时，

我们要造反了！”
奴隶们同心合力，
一锄一锄的掘到山脚底。
山脚底挖空了，
“威权”倒撞下来，活活的跌死！

文字沉默，怒吼声力透纸背，如今读来，仍掷地有声。

获悉陈独秀被捕，胡适整宿未眠，不及天大放亮，便匆匆赶至李大钊住处。推门叫声“守常”，攒眉道：“营救仲甫，迫在眉睫……”进来站定，方才看见罗章龙等人，正围聚于桌前，合谋商议营救方案。

众人斟酌再三，李大钊建议，首先向报界披露此事，尽可能造成强大舆论压力。其次借助学生力量，掀起“挽蔡救陈”的请愿活动……

大家听得欣然，一致表示赞同。

事不宜迟，即刻分头行动起来。

6月25日，安徽同乡会吴传绮等8人，联名致函警察总监，道：“惟陈君本系书生，平时激于爱国之忱，所著言论或不无迂直之处。然其学问人品亦尚为士林所推许，历年办理教育，潜心著述，在学界似亦薄奏微劳。传绮等与陈君咸系同乡，知之最谂，用敢公同具函，恳请阁下曲赐矜惜，准予保释。”

6月26日，胡适给《时事新报》主编张东荪去信，隔空道：“陈独秀先生被捕，警厅始终严守秘密，不把真相发表，也不宣布真态度，到前日始许，一人往见独秀。他现染时症发寒，他的朋友听见了很着急，现在有许多人想联名保他出来养病，不知能办得到否？”

同日，在京皖籍官绅，安徽省长吕调元亦致电吴炳湘，道："怀宁陈独秀好发狂言，书生结习。然其人好学深思，绝与过激派无涉。闻在京被捕，此间人士爱护学者，群请解救。学潮初定，似不宜又兴文字之狱。两公容纳众流，夙所钦仰，务乞俯念乡里后进，保全省释，以慰士望。"

……

各地刚刚平息五四学潮，此时借"挽蔡救陈"再造声势。烽烟复燃。且事态正朝着胡适与李大钊所期望的方向发展。

总统府内，各界为陈独秀说情的信函，日日积案盈箱。段祺瑞铁青着脸，已然方寸大乱。各界联名要求立即保释陈独秀的，不仅有新派人物，亦不乏刘师培、马通伯等旧派名人。甚至曾经反对五四学潮，诸如安徽省长吕调元，广东护法军政府主席总裁岑春煊等，亦加入为陈独秀求情之列。而尤其让段祺瑞忧心忡忡的，是为南北议和，由大总统特派去上海面晤孙中山的代表许世英，被骂得狗血淋头。

得知陈独秀被捕，孙中山焦心如焚。会见徐世昌派来和谈的代表许世英，不禁怒目相视，斥道："你们做了'好事'，很足以使国人相信，我反对你们是不错的！"又道："你们也不敢把他杀死。死了一个，就会增加五十，一百个。你们尽管做吧！"许世英纳下头嗫嚅着，显得进退两难。孙中山呵责道："电告徐菊人，趁早释放陈独秀，否则等到众叛亲离，他不要后悔！"言下等于下了最后通牒。

毛泽东也加入呼吁释放陈独秀的行列。

7 月 14 日，《湘江评论》创刊号发表署名为"泽东"的文章《陈独秀之被捕与营救》，文中这样写道——"陈君之被逮，绝不能损及陈君的毫末，并且留着大大一个纪念于新思潮，使他越发光辉远大……”又道：“政府决没有胆子将陈君处死，就是死了，也不能损及陈君至坚至高精神的毫末……我祝陈君万岁！我祝陈君至坚至高的精神万岁！”铿锵有声中带了一丝诙谐，更显意味深远。

其时，独自隐居于杭州西湖杨庄的蔡元培，突然接到章太炎发来的电报，将近日所发生之事，一五一十，缕述分明，并嘱其立即设法营救陈独秀。

在狱中，陈独秀胃疾复发，由警察厅医药室医师进行诊治，服药十多天，方才有所缓解，然则就此落下病根。

震慑于各方强大的舆论压力，1919 年 9 月 16 日，京师警察厅宣布释放陈独秀。裁决书这样写道：“查陈独秀以传单煽人为乱，殊属违法，既据联名列保称无别情，看押三月有余，查察尚知悛悔，姑念系属学子，拟从宽准予保释。惟其不知检束，殊有破坏社会道德，拟仍按豫戒法第三条四款，施以豫戒。”

隔日，即 1919 年 9 月 17 日，身陷囹圄近百天的陈独秀，终重睹天日。

一大早，天晴日出。久居狱中，头面不洗，胡子拉碴的陈独秀步出监狱大门，那件白色西装斜搭在肩头，早已脏破不堪。出得门来，未及站定，但见门前密密麻麻站满了人。

北大的学生高呼一声：“陈先生好！”

女子师范的学生紧随高喊：“陈先生万岁！”

马路两旁，不少身着短褂的工人跟车夫，身后站着穿着绸缎长袍马褂的商人，觑眼笑向陈独秀，道：“陈先生受苦了！”纷纷拱手作揖。

众人里三层外三层，将陈独秀围在其间。

陈独秀一时怔住，直到李大钊从人群中直挤过来，叫声“仲甫兄”，他始醒过来，也叫一声“守常兄”。手已经伸出去，四目相视，一时无言。

人群鼎沸。众人齐声高喊：“陈先生，好样的!”

此时无声胜有声。李大钊握住陈独秀的手，上下晃动，慨然道：“仲甫，你受苦了。”一语未竟，噎在喉咙口，待气息平复，将陈独秀让到面前来，掉转身朝向众人，大声道：“陈仲甫先生，凭一己之力，只身擎国难之重，当为吾辈之楷模！国立北大，为有陈仲甫而自豪，骄傲!”

欢呼声四起，掌声经久不歇。

陈独秀保释出狱，但自由受限，尚不得擅自行动，每日行踪仍受到警察署严密监视。尽管没有获得完全的自由，但走出监狱毕竟是值得庆贺之事，大家都为陈独秀被释放而欢欣鼓舞。

1919 年 11 月 1 日，《新青年》第 6 号特刊，隆重刊发刘半农、胡适、李大钊、沈尹默等同仁创作的新诗，迎接陈独秀王者归来。

《欢迎独秀出狱》

你今出狱了，
我们很欢喜!
他们的强权和威力，
终竟战不胜真理。
什么监狱什么死，
都不能屈服了你；
因为你拥护真理，
所以真理拥护你。

你今出狱了，
我们很欢喜！
相别才有几十日，
这里有了许多更易：
从前我们的“只眼”忽然丧失，
我们的报便缺了光明，减了价值；
如今“只眼”的光明复启，
却不见了你和我们手创的报纸！
可是你不必感慨，不必叹惜，
我们现在有了很多的化身，
同时奋起：
好像花草的种子，
被风吹散在遍地。
你今出狱了，
我们很欢喜！
有许多的好青年，
已经实行了你那句言语：
“出了研究室便入监狱，
出了监狱便入研究室。”
他们都入了监狱，
监狱便成了研究室；
你便久住在监狱里，
也不须愁着孤寂没有伴侣。

——李大钊

1919年五四运动中，张国焘亦因之而被捕。与陈独秀一样，他就此由倡导新文化运动，转向信仰马克思主义。张国焘晚年所著《我的回忆》中，有诸多描述陈独秀的文字。其中有记载陈独秀出狱的文字，其时的现场氛围，生动且具象——“……过了约两星期，陈独秀先生也未经审判悄悄的被释放了。北大同学在第三院举行大会，热烈欢迎他出狱。我任大会主席并致词，曾热情奔放地说……对于他的出狱，表示由衷欢迎……”还写道：“陈先生当场发表演说：表示他自己不受压迫与威胁，此后无论在北大与否，仍当继续奋斗……不久陈独秀先生终于接纳同事们的劝告，离京南下，从此再没有回到北大……”

江西萍乡青年张国焘，于1916年考入钦慕已久的北京大学。日后他曾与人聊及当年，这样道：“那一年，北大给我的印象并没有想象中的那么好，老学生有老爷派头，名士作风跟守旧习气十分严重，且教授与学生之间，没有什么联系，除了上课之外，彼此不相闻问。校园内还显得很有点乱七八糟……”

陈独秀主持文科改革以来，北大方才渐现新气象，由其主编的《新青年》杂志，以北大为根据地，新文化运动席卷四方八面，尤其被北大之学子所热拥，进步青年接踵相随。

是时，受陈独秀的影响，邓中夏、黄日葵、高尚德、许德珩等人成立国民杂志社，创办《国民杂志》。国民杂志社很得陈独秀与李大钊赏识，予以这些热血青年许多支持与帮扶。不久，又组织平民教育讲演团。

全国各地积极宣传马克思列宁主义

出狱后的陈独秀，全情投入《新青年》，于1919年11月15

日出版第六卷第六号，12 月 1 日出版第七卷第一号。

某日夜。陈独秀与李大钊秉烛长谈。

一场大雨突如其来。后窗紧挨着一条水渠，偶尔一阵风，吹来一股一股潮湿的浊气，哗啦哗啦的雨水声中，有人隔着老远在大声地讲话。

陈独秀立于窗前徘徊瞻眺，嗟叹道："一场牢狱之灾，倒是叫我看清了许多问题。"又道："百无一用是书生哪。"说完嗤的一笑，无奈中带了一丝凄然。

李大钊摇摇头，道："此话不然。仲甫一人入狱，举国震荡。八方四面，纷纷声援，不约而合。"抬眼望着陈独秀的背影，又道："人生如此，亦不枉你为革命坐了一回牢……"

陈独秀听得欣然，淡淡一笑，但并不作答。

李大钊径自道："以俄国革命的理论观之，农民种地，工人做工，贩夫走卒创造社会财富，他们才该是国之根本。"

陈独秀略点一点头，表示赞同，道："国家之核心，并非政府，亦非军队，而是由庶民组成之社会。"掸眼看一眼李大钊，又道："社会团结如一人，则国家团结如一人。社会殷实富庶，则国家自会强大。"凝视沉思，自言自语道："有坚强社会组织的国家，还怕有人胆敢来欺负？"

李大钊望向陈独秀，笑道："所以马克思主义，无疑是正确的。俄国人革命之所以获取成功，便是因为布尔什维克党，因其团结了俄国的社会阶层，故而列宁同志振臂一挥，克伦斯基政府顷刻间冰消瓦解……"

陈独秀听得欣然，眼神烁烁，道："要团结国人，必先团结农工，而要团结农工，必先要有属于我们中国自己的布尔什维主义。"掉转身来看着李大钊，又道："辛亥革命，眨眼间八年过去，然则国家积贫如故，何至于此?”仰天长叹一声，蹙额摇头，右手紧握成拳，于胸腔间比划着，继续道：“高官大员，颟顸守旧。对外交涉，丧权辱国。哪怕失地亦无所谓了。今日看来，非有华夏之列宁，绝不能收拾此残局也!”

二人且笑且谈，不觉间已经天边渐现鱼肚白。远远的谁家传来几声鸡啼声，再无任何动静。

其时，在上海。孙中山正与列宁派往中国的特使维经斯基面晤洽谈。由杨明斋做翻译。

维经斯基道：“共产国际认为，所谓的凡尔赛条约，不过是帝国主义之间的分赃协议，同时亦等同于在向俄国宣战的战书。我们决然表示反对。”

孙中山听罢，沉吟半晌，方道：“所谓平等条约，何来平等?充其量不过是二十年的停战协议罢了。列宁同志真知灼见。”

维经斯基道：“我此次前来，正是受列宁同志委派。此次东方之行，意义非凡，承担有双重特殊使命……”进一步解释道：“首先，由我负责，代为转达列宁同志对中华革命党，以及对孙先生本人的崇高敬意与问候。其次，我代表共产国际，希望能够在中国的上海，建立一个远东支部，此事意义重大，还需孙先生鼎力相助……”

某日。上海造船厂栈房内。

人头攒动，几百号造船厂的工人汇聚于此。

陈独秀立于船头，正在演讲。道：“世界上什么样的人最高贵?”众人不响。他又道：“皇帝最高贵？拟或是位高权重者？在圣人的弟子眼中，唯读书人最为高贵……”众人怔怔呆听，一脸茫然。他继续道："错！那都是谎言，是欺骗，是睡梦中的人自发呓语。现在我来告诉大家，劳工最高贵！"手臂直伸出来，在空中挥舞，继续道："你们没有听错，唯你们最为高贵！有人不解？"自问自答道："我们日日所吃的粮食，皆为种田人辛苦劳作而来。我们身上所穿的衣物，皆为裁缝一针一线缝制而来。我们所居住的房屋，皆为木工与泥瓦匠一砖一瓦辛苦建造而来……"站在前排的工人似乎有所恍悟，又一知半解，仍面露恍惑，踌躇间就听陈独秀道："与你们大家一样的诸多人，如汽车司机，如黄包车车夫，如码头搬运工，是这些劳工日日辛苦劳作，一颗汗珠落地摔八瓣，从而创造了现在的社会，请问这所有的一切，可曾跟皇帝跟高官厚禄者有分毫关联？"

仿佛闪电过后听见雷声，隔了几秒钟，工人们始醒过来，大声道："没有！"

陈独秀欣然点头，慨然道："倘若这世界上没有了你们，以及跟你们一样的劳工，哪怕是那皇帝老儿，跟那些位高权重者，衣食住行便全然没有了供给与保障，他们简直寸步难行！甚至一天也活不下去！"略忖了一忖，又道："工友们，劳工兄弟们，你们才是这个社会的顶梁支柱，是你们创造了世界！那么我现在请问，世界上什么人最高贵？"

众人高呼："工人！劳工！"群情激昂，口号声直穿入九霄之外。

陈独秀重重地点一点头，嗟叹道："以前之所以你们不知道自己的高贵，那是因为，有人用锁链锁住了你们的思想。现在，此刻，今时今日，我们就是要打破这锁链。只要打破这锁链，你们大家所拥有的，将会是整个的世界……"

窗外天气骤冷，泛着青灰色的天，马路两旁的梧桐树也灰头土脸，此时悄然静立，士兵列队似的，只是听那栈房里的人声激昂。

与此同时，在北京长辛店机车车辆厂内。邓中夏立于高阶之上，正在给工人发表演说。道："来日之天下，必将是劳工之天下。是劳工创造了世界，劳工势必会主宰这世界！我们失去的，仅仅是枷锁，而我们赢取的，势必会是全部的世界！"

工人们面面厮觑，听得云里雾里，有人悄声地议论，一个对另一个道："小青年讲话实在是不着边际，你我连养家糊口都成问题，何谈什么地上天下？"说罢嗤的一笑。一旁的人亦跟着笑，攒眉摇头咕哝一声："白日做梦。"

邓中夏显然听见了，问道："工友们，你们日日如此辛劳，却为何连妻儿老小仍食不果腹？请问这合理吗？"

"不合理！"怒吼声中，车间的屋顶阵阵作响。

人群中有人道："喊得再大声有用？"又道："日日如此辛苦，尚且不能果腹，可倘若不这样辛苦，又能如何？"

大家一时都默然了。

邓中夏振臂道："工厂主是资本家，正是他压榨剥削你们，应该坚决打倒！"

有人站在队尾，举手道："打到了资本家，我们的工钱哪里去讨要？"

七言八语，一时众说纷然。

邓中夏忖了一忖，道："我们应该团结起来，跟资本家谈判！要求他给我们涨工钱！"

立于前排的几个人互相看看，听得瞠目，身后有人笑道："可有人会听我们的？"觉得这简直滑稽荒诞。

邓中夏抬起手臂往下压了一压，示意大家安静，道："一个一个去说，自然无人理睬。所以我们要联合一致，大家团结起来！"见台下一脸恍惑之色，又道："工友们组成工会，由工会出面，代表大伙去跟资本家谈判，他若不答应，我们就罢工！"振臂一挥，借以加强声势。

工人们听至此处，似乎有所恍然，但并未彻悟。就听一个对另一个道："罢工？那不做工，不更加没了钱？等着饿死不成？"蹙额摇头。

邓中夏大声道："为何要组建工会？有了工会，工友们从此便有了依靠。"又道："有工会在，即使我们不上工，资本家一样没钱赚，他要想赚钱，就必须先给我们涨工钱！"

嗡嗡声四起，言人人殊。

厂房的侧门开着，此刻射进落日的红光。邓中夏伸手而呼，阳光下，那双手的手指头仿佛燃烧起来，带着火苗，亦带来一线曙光。黑暗终有时……

其时，湖南船山书院。

书院二层楼的高阶之下，围聚上百名工人。楼梯上，走廊上，过道口，到处挤满了工人与青年学生。

大门前的两棵古槐树，高悬巨型横幅，上书"堂堂乎张，尧舜禹汤，一二三四，虎豹豺狼，张毒不除，湖南无望。"

汽灯雪亮。灯光直照在毛泽东身上。

高阶前面的一片空地，堆满了各种进步报纸与杂志。

一旁的牌子上写着"文化书社，免费赠阅"字样。

毛泽东大声道，张敬尧一日不去，则湖南一日不宁。张氏荼毒三湘，已成公敌。家乡父老，无不深受其苦，然而北京政府，却还要一味推诿，迂延蹉跎，殊不知湖南人与张敬尧，早已势不两立，不同戴天！

一个工人站在最前排，听罢此番话，忖度道：“天大的事，我等一介草民，穷鬼，说了有何用？”

毛泽东看他一眼，道，请问“工人”的“工”字怎么写？众人纷纷直伸出手来，在空中比划。他又道，没错。顶天立地。“工人”两个字，合二为一，便是一个“天”字。

人群中有人大声道：“是天下的天！是天地的天！”

毛泽东微微一笑，道：“因此，工人大众，理应坐天下。”

一旁有人嗤嗤嗤穷笑，纳下头叨咕一声什么话。

毛泽东道，此言绝非我所发明。此言乃是出自一位叫做马克思的洋人之口。又道，这便是马克思主义。依着这个主义，俄国的工人，已经坐得天下，他们革了皇帝的命，革了剥削阶级的命，而这种革命，势必将会普及至全世界。略顿了一顿，继续道，我们中国的工人，民苦大众，亦应彼唱此和，起而效之。横隔于我们面前的这个黑暗的腐朽的令人窒息的，浑身上下散发着裹尸布气息的反动无能政府，应坚决推倒，打翻……一语未毕，何叔衡从不远处匆匆走来，手里拿着一封电报，只是埋头疾走，近前来侧身附耳，与毛泽东立谈几句，道：“华生先生病危……”

1920 年 1 月 17 日，杨昌济病逝于北京德国医院。临终前，特致信好友，时任广州军政府秘书长，南北议和代表章士钊，郑重推荐学生毛泽东与蔡和森。信中这样写道，“吾郑重语君，二子海内人才，前程远大，君不言救国则已，救国必先重二子……”杨昌济逝后，归葬于长沙县板仓。

张敬尧（1881—1933），字勋臣，安徽省霍邱县人，北洋皖系军阀骨干。1918年，北洋政府任命张敬尧为湖南督军兼署省长。张敬尧督湘后，作威作福，变本加厉地压榨剥削湖南人民，残暴统治，引起公愤。1919年12月2日，张敬尧派兵残酷镇压学生反日斗争，湖南人民发起驱逐张敬尧的运动。长沙学生、教员万余人举行总罢课，并派代表团分赴京沪以及衡阳等地，扩大宣传。1920年6月11日，张敬尧终被逐出湖南。

第六章
几经沉浮，初志不改

陈独秀离开北大

1920年1月29日，仍处于严密监视之中的陈独秀，应汪精卫与章士钊等人函邀，为筹办西南大学的事，秘密来到上海。

同年2月4日，陈独秀离沪，溯江而上，应邀来武汉武昌文华大学演讲。而“打破阶级制度，实行贫民社会主义”，是此次演讲的主题。

演讲惊世震俗，轰动社会各界，亦使得湖北官厅上下，惊心骇目，万分惊恐，即刻勒令陈独秀停止演讲，并驱逐出武汉。

隔日晚，汉口火车站。

前来送行之人，挤挤攘攘，铁道旁人头攒动，苍黑的铁轨直竖起来，矗立在黄昏的天空里。不远处三三两两的人，看穿着并非旅行或者前来送行之人，鬼影似的窜来窜去，眼神飘忽不定，紧紧盯着陈独秀。他们是警察局派来盯梢的便衣。

汽笛声呜咽，列车摇摇晃晃，似乎永无尽头，开往前方更为黑暗的地方。

陈独秀由武汉回京，殊不知，此刻在北京，正有一张捕捉大网，于阴暗处无声地张开。

陈独秀一路凝神细思，仍沉浸于武汉演讲所带来的巨大轰动效应中。到家后来不及歇息，便开始给胡适等众好友写请柬，邀约大家前来家中晤谈。正埋头奋笔疾书，忽听得房门咣当一响，未及反应，一名警察已经直闯进屋，直直看着陈独秀。

陈独秀隔了几秒方才回过味来，嗤笑道："请问有何贵干？"

来人斥道："陈先生并未获取完全的自由之身，为何不打招呼便偷偷开溜？离开北京去往何处？"

陈独秀略一忖，道："家中有急事。"又道："事发突然，所去时间不长，故而未来得及跟你打招呼。"

便衣警察默无一语，点根香烟递过来，瞥一眼陈独秀，缓声道："陈先生是社会名流，是大人物，得保护好呀。"不待对方开口，又道："陈先生能否给我一张名片？"拿到名片，与陈独秀又闲聊几句，便匆匆告辞。

此时的陈独秀方才冷静下来，略加忖度，总觉此人来得十分蹊跷。"为何我才刚进门，屁股尚未坐稳，警察后脚便到？"心中顿觉不好，警觉起来，踌躇片刻，吩咐夫人高君曼简单收拾随身衣物，匆匆赶往胡适家。打算暂且躲避几日。然而走至半道，再生疑窦。胡适亦乃社会名流，素日里与自己交往甚密，此去他家躲避，无异于是自投罗网。即刻吩咐车夫掉头，改去李大钊家。

一见李大钊，陈独秀立刻将刚才所遇情形，一五一十，缕述分明。

李大钊纳下头不发一言，沉吟半晌，叫声"仲甫"，道："北京你是呆不下去了。即刻动身回沪。"

陈独秀听得亦觉有理，然则几秒钟后，紧张的神经再次紧绷起来，只是蹙额摇头，道："回上海自然甚好，可现在我已经给警察盯上，一举一动，乘火车只怕是万万不行，该如何是好？"

李大钊随将自己的计划，原原本本，和盘托出，道："我亲自护送你到天津去。到天津后，再改乘轮船回上海。"又道："仲甫兄安徽口音，不便应付。路上开口之事，通通交由我来。"

二月的北京，风大雪浓。路上行人罕见。朔风呜呜地吹来。积雪的山坡后面，蓝天蓝得跟油画一般，仿佛探手到那斜坡背后一掏，一定掏得出一块似的。然而陈独秀与李大钊并无心情欣赏。各自默然。

四野茫茫素裹。沿途路旁的冬日里萧条的树，徒留枝杈，偶尔有一畦碧绿的菜地，夹着一湾亮蓝色的水塘，水面仍结着冰。微明苍茫中，北京朝阳门外，一辆带帆布篷的骡车，吱呀吱呀，正赶往去天津的路上。

土径崎岖，缓缓而行。头戴毡帽，打扮成讨账财主的陈独秀，放眼望向远处，叫声“守常”，道：“雪窖冰天，真是辛苦你了……”

一身账房先生打扮的李大钊将头上戴的皮帽正了一正，并不回头，扬鞭只是赶车，道：“仲甫兄若仍留在北京，徐大总统怕是迟早要得心脏病。不如趁早远离……”说罢自己不禁笑出声来。

陈独秀不发一语，纳下头沉思，怆然道：“这次牢狱之灾，我如今是彻彻底底看得明白，若把中国之希望，完全寄托于欧美列强，无异于煎水作冰，画饼充饥。”摇摇头轻叹一声。

车辙声声，白雪皑皑。远山的轮廓渐渐地浓了，又变淡。雪仍在下。

远在 1899 年，一篇译文《大同学》，发表在上海的《万国公报》上。连载数日。文章中便提到了马克思与《共产党宣言》。这亦是迄今为止，可以从档案史料中找到的最早关于《共产党宣言》的文字记载。

进入 20 世纪，资产阶级革命派、无政府主义者以及社会党人，均以不同方式，不成系统地介绍过《共产党宣言》。

1903年3月，由改良派主办的上海广智书局，出版日本福井准造著，由赵必振翻译的《近世社会主义》。书中四处提及《共产党宣言》。

1905年11月，同盟会机关报《民报》第二号上，发表同盟会成员朱执信所撰《德意志社会革命家小传》，这是国内首次介绍《共产党宣言》的写作背景，以及基本思想与历史意义的文章。

朱执信为国内首个使用“共产党”一词的人。作者依据日文版《共产党宣言》，从日文中的汉字“共産党”原样照搬而来。并摘译该书五段文字，以及第二章中的十大纲领全文。然则文章未能准确译出《共产党宣言》，而将其翻译为《共产主义宣言》。

此后，宋教仁、叶夏声、廖仲恺等，亦撰文分别介绍过《共产党宣言》与共产主义运动。

言而总之，以上几位传播者，不过是将马克思主义视作众多社会主义思潮其中之一部分，而并非真正意义上的信仰与追随。直至俄国十月革命一声炮响，捷报频传，《共产党宣言》在中国的翻译与研究，方才逐日深入，并渗透传播开来，得以进入一个崭新的阶段。

此前，马克思与恩格斯的学说，以及他们的《共产党宣言》，虽然已经被介绍进入中国，终究是零星分散，不成气候。自然并不曾引起人们太多的注意。五四运动引发政治风波，再次将一个问题鲜明地推至广大民众面前——究竟要用什么办法，方能从根本上改造旧中国？

受其影响，新文化运动传播的各种新思想，亦自然而然庄严且正大光明地为越来越多的知识分子所接纳，并在思想与行动中，开始了多维化选择。形势所迫，亦使得陈独秀愈发深刻地感受到，当务之急，是要尽快尽早翻译出版一本中文版本的《共产党宣言》。

方才，李大钊听罢陈独秀那一番话，稍事沉默，道："曾企图以日为师，事实证明，皆为虚妄。如今以美为师，亦沦为空谈。"侧转身来望向陈独秀，又道："以仲甫兄之见，改弦易辙，已经刻不容缓。"

陈独秀良久默然，点头道："适之兄最了解守常，在你的心中，唯有俄国之暴力革命……"

李大钊打断道："眼下之华夏大地，四面楚歌，以俄为师，实乃道尽途穷之首选。"笑向陈独秀又道："仲甫莫非另有高见？"

陈独秀仰天长叹一声，怆然道："与其说以俄为师，不如说是以布尔什维克党为师，以共产党人为师！没有一个团结如一人的现代政党，何以能团结四分五裂人心涣散之举国民众？既然可以团结国别不同之世间无产者，自然可以团结国别相同之同仁志士。二人同心，其利断金，更何况我华夏四万万同胞乎？"

他讲一句，李大钊略一点头，表示心领神会，道："茫茫四洋，列国泱泱，不信还有谁能够阻拦我华夏民族之奋然崛起！"

车辙蜿蜒，车轮吱呀，陈独秀与李大钊坐在这骡车之上，一路且行且谈，甚是欢畅。骡车的门敞开着，陈独秀面前一米见方的缺口里，那景色不断变换，仿佛山水画褶子骤然间豁拉拉扯开来。

日头高升起来。

李大钊道："民国以来，政党林立，皆不过是蜂营蚁队云集，大祸临头作鸟兽散，究其根本，便是因为没有一个主义哪。"略顿了一顿，又道："没有一个主义，便党内不能团结，党内不团结，又何以能够团结国民？"

陈独秀叫了声“守常”，又道：“若想团结国民，我们首先得有一个与旧党派截然迥异的政党呵！”

两位志同道合的密友兼战友，心心相印，一拍而合。一路上由对新思想新文化的研究与传播，深入探讨，继而转向建党的实际行动上来。

李大钊欣然道：“我在北京，仲甫在上海，你我二人分头行动，马上投入筹备建党的准备工作。”

陈独秀听罢，亦觉十分兴奋，道：“以信仰马克思列宁主义为核心，尽快建立一个属于我们自己的政党！”手直伸出去，与李大钊紧紧相握，又道：“一言为定，说干便干。”

李大钊眼神烁烁，坚定地点头，道：“俄国革命之所以取得成功，正是因为布尔什维克政党团结了工人与农民，以及贩夫走卒这些比例最大的社会阶层的人民。”

陈独秀连声赞许，点头道：“没错。要团结国人，须首先团结农工，要团结农工，须首先建立中国自己的布尔什维克组织……”

《新青年》复刊

1920 年 2 月 19 日（另有一说是 1920 年 2 月 22 日）。

正值中国的农历除夕夜。

墨色中的黄浦江，安逸而平静。此时此刻，咫尺天涯，这条走熟了的码头岸边，阡陌小路，弄堂逼仄，人行道上映着霓虹灯影，红的蓝的黄的，人车罕至。街边的店铺尚未开门，通通拉上铁闸门。

黄浦江上远远地来了一艘客轮，笛声一长两短。寒风裹挟着雪珠，迎面扑来，陈独秀随人潮下得船来，一个激灵，人顿时醒了大半。

天实在太冷了。连日来舟车劳顿，缺觉少眠，感冒愈发严重。

张国焘于岸边徘徊瞻眺，等候多时。远远地喊一声“仲甫先生!”挥臂招手，道：“先生受累了。路上一切可还顺利?”接过老师的行李箱。

黄包车夫疾步而至，二人各自上车坐定。张国焘吩咐一声：“惠中旅社。”

陈独秀阖目养神，记得上回离开上海，已是三年前的事了。恍若隔世。

坐落于上海黄浦区汉口路上的惠中旅社，时乃上海滩颇为高档的旅社，然而陈独秀疾病缠身，胃疾时有复发，生活多有不便。捱至年后，同乡好友汪孟邹将陈独秀接去，住进亚东图书馆。同年4月初，再搬至同乡原安徽督军柏文蔚在法租界环龙路老渔阳里2号（现南昌路100弄2号）的私人住宅。

这座典型的石库门住宅，独门独户。一厅一厢房，上下两层。环龙路地处法租界，紧邻法国公园（今复兴公园），与霞飞路（今淮海路）亦不过几分钟的步程。闹市中安逸且舒适之所在，近百年来虽华不再扬，那两排住宅亦衰微破败，然则老渔阳里2号略显灰暗的水泥砂浆外墙面顶端，悬挂有“《新青年》杂志编辑部”铭牌，历史旋踵即逝，仍在警醒着一代又一代的后人，牢记此地曾住着一位中国共产党建党史上难以绕避的重要人物。

其时，适值形势所迫，刻不容缓。身患重疾的陈独秀，隔日便对报界发表公开讲话，道：“……北方文化运动，以学界为前驱，其最可痛心为北京市民之不能觉醒。以二十世纪政治眼光观之，仅有学界运动，其力实嫌薄弱，此是太息者也……”（参见《民国日报》1920年2月23日。）

陈独秀此番言论，目光所及之重点与精力，始由学生界跟知识界，转向工人阶级。根据地亦开始由北京转至上海。

回沪后的陈独秀，全心全意投入工人群众中。日日早出晚归，旰食宵衣。没有固定职业，仅靠写文编刊度日。裘敝金尽，亦在所不辞。他到处演讲，尽己之力诠释渗透“马克思主义”。

长时间深入工人队伍当中的陈独秀，周旋于三教九流所控制的工会，很快便得出结论——“像上海的工人团体，就再团结一万个也是不行的……”明白即使是觉悟了的工人，亦必须“另外自己组合起来，组织真正的工人团体”。

1920年4月2日，陈独秀出席上海船务栈房工界联合会成立大会。会上，发表题为《劳动者的觉悟》演说。

高阶之上，陈独秀大声道：“我以为只有做工的人最有用、最贵重……”这一番慷慨陈词，立时引得阵阵掌声。演讲力求深入浅出，形象地将劳动者的觉悟分为两步。第一步，“要求待遇”，第二步，“要求管理权”。

台上之人振臂高呼，道：“我们中国的劳动运动，还没有萌芽，第一步觉悟还没有……不要以为第一步不满意，便不去运动……”

4月18日，上海七大工会团体，即中华工业协会、中华工会总会、电器工界联合会、中华全国工界协进会、中华工界志成会、船务栈房工界联合会以及药业友谊联合会，共同召开联席会议。发表《工界宣言》。此宣言的诞生，预示着上海工人第一次纪念五一国际劳动节的活动，已经蓄势待发。

会上，陈独秀再次发表“劳工旨要”之演说。此次筹备会，众人一致推举陈独秀为顾问，兼中华工业协会的教育主席。他则自愿出任工人的义务教授。

适值劳动界于五一劳动节这天，发动上海 5 000 多名工人，聚集于上海西门体育场，召开隆重的纪念大会。

万众瞩目之下，陈独秀朗声道：“我们上海工人，今天举行破天荒的五一运动。因为五月一日，是世界各国工人得着八点钟工制幸福的日子。我们纪念它的意思，第一是感谢各国工人的努力，第二是喊起中国工人的觉悟……”

1920 年 5 月 1 日，已经迁回上海的《新青年》，刊登孙中山与蔡元培以及诸多工界人士与工人代表的题词。并将《新青年》第七卷第六号，定为“劳动节纪念专号”。刊物篇幅，由原来的每期 130 页至 200 页，猛增至 400 多页。文章广泛又深刻系统地分析了当今社会的中国工人阶级。而其中尤其重点介绍以上海工人阶级为代表的工作、教育、帮会、结社等诸多方面的生存现状。

日后，蔡和森认为，这一期的《新青年》，寓意深远，标志着陈独秀已经由“宣传资本主义”转变为“宣传社会主义”。

1920 年 5 月 1 日，同期出版上海《星期评论》“劳动日纪念”专号。

上海《民国日报》副刊《觉悟》，同期刊登反映工人阶级斗争的版画《世风》（叶天底作画，陈望道题字）。

然则，也正是这一期的《新青年》，引发意外状况，进而导致停刊。

本期《新青年》逾 400 页之多，杂志出版方，即群益书社的老板陈子沛陈子寿兄弟认为，页码实在太多，又有锌版，兼具表格，光排工费已然超额，倘若不加价，出版社亏损太多。要求涨价，给陈独秀一口否决。陈独秀认为，此一期是专门为下层无产者写作而发行，绝不应该加价。双方因此闹得不欢而散。

忖度之下，陈独秀酝酿成立“新青年社”。自办发行。

四个多月后，《新青年》复刊。

20世纪初的上海。其时，陈独秀、毛泽东、俞秀松、施存统、陈望道、戴季陶、李汉俊，即使是身居北京的鲁迅，亦不禁心生感慨，曾这样写道：“北京虽然是五四运动的策源地，但自从支持着《新青年》和《新潮》的人们，风流云散以来，1920年至1922年这三年间，倒显着寂寞荒凉古战场的情景……”（参见《中国新文学大系·小说二集序》一文。）

第七章
《新青年》重回上海

1918 年 1 月，在陈独秀、胡适、钱玄同、刘半农等“四大台柱”的推动下，《新青年》杂志从四卷一号起转型为六名北大同事轮值编辑的同人刊物，直接启动了新文化运动，进而影响整个中国的命运。而随着《新青年》同人的内部分化，陈独秀开始直接介入政治活动并且把《新青年》回迁上海，结束了这份同人刊物的短暂辉煌。

《新青年》杂志最初依托上海群益书社出版发行，群益书社承担了巨额资本投入，以及随之而来的商业风险。而随着陈独秀出任北京大学文科学长，以及胡适、钱玄同、刘半农、陶孟和、沈尹默、高一涵、李大钊等北大同事先后加盟，尤其是新文化运动的逐步展开，一度陷入困境的《新青年》杂志，很快创出“品牌效应”，更对后来的五四运动产生了重要影响。

与鲁迅同为《新青年》同人的周作人，在写于 1945 年的《红楼内外》中回忆说：“《新青年》本来名叫《青年杂志》，是极平凡的一种学生读物，归陈独秀编辑后始改名，经胡博士从美国投稿帮忙，成为文学革命的先锋。”

到了《知堂回想录》中，周作人进一步介绍说，尽管着眼点各不相同，上述当事人对于《新青年》四卷一号“复活”的历史事实，是一致肯定的。《新青年》杂志产生全国性影响，并且直接开启意义深远的新文化运动，主要是“复活”之后的事情……

1920 年 4 月 26 日，已经把《新青年》杂志回迁上海的陈独秀，给远在北京的十二位同仁写信，分别是“守常、适之、申甫、玄同、孟余、孟和、百年、尹默、慰慈、抚五、遏先、启明”。

十天后，亦即5月7日，陈独秀又给胡适、李大钊寄出一封信，其中谈到要与群益书社终止合同。而在这封信的最后，陈独秀专门补充道：“回信皆直寄弟寓，不可再由群益或亚东转交。又白。”“既想发横财又怕风波，实在难与共事”，陈独秀单边毁约的意思已经一览无遗。

回顾1915年的群益书社，是在陈独秀捉襟见肘之际，冒着巨大商业风险投资支持《青年》杂志创办的，其目的，当然是希望通过杂志获得利润回报。

1920年9月1日，《新青年》以崭新的面目，公开宣传马克思主义并开辟“俄罗斯研究”专栏，介绍十月社会主义革命和苏维埃俄国的经验。

“我承认用革命的手段建设劳动阶级（即生产阶级）的国家，创造那禁止对内对外一切掠夺的政治法律，为现代社会第一需要。”一百年前的9月1日出版的《新青年》上，陈独秀发表了他的文章《谈政治》，摆明“车马”今后要“大谈政治”，还将自己明确定义为一个共产主义者、信仰列宁主义。

这篇文章，被后来的研究者认为，“不仅是陈独秀转变为马克思主义者的宣言书，也预示着《新青年》的内在性质发生了变化”。事实上，从这一天起，《新青年》成为了以陈独秀为书记的中国共产党上海发起组的机关刊物。

中共一大纪念馆举办的“星火初燃——共产党早期组织与中国共产党的创建文物史料展”，首次展出了1920年出版的录有《谈政治》一文的单行本《政治主义谈》。在党史专家看来，此文对于当时“各地正在从事的建立中国共产党的工作，起到了统一思想的作用”。

《新青年》同人分道扬镳

1915年，陈独秀在上海创办《青年》杂志，后改名《新青年》。作为“五四运动时代之急先锋”，《新青年》宣传“批判孔教”和“文学革命”，鼓吹西方自由主义和科学主义。在创刊时，陈独秀就申明：“盖改造青年之思想，辅导青年之修养，为本志天职。批评时政，非其旨也。”

当时的陈独秀认为，“要救国，就必须从思想文化入手改造国民”“唤醒国民觉悟，由立人而立国”。基于这样的思路，同时也为了延揽作者队伍，陈独秀与同仁达成一个不成文的君子协定——“不谈政治”。胡适曾回忆：“在民国六年，大家办《新青年》的时候，本有一个理想，就是二十年不谈政治，二十年离开政治，而从教育思想文化等等，非政治的因子上建设政治基础。”

然而到了1920年9月，陈独秀发表《谈政治》一文，正式否定自己之前的态度：“你谈政治也罢，不谈政治也罢，除非逃在深山人迹绝对不到的地方，政治总会寻着你的。”不仅如此，他开始大谈阶级斗争和无产阶级专政的必要性，颂扬马克思主义阶级斗争学说和俄国革命经验。

他写道：“我们要明白世界各国里面最不平最痛苦的事，不是别的，就是少数游惰的消费的资产阶级，利用国家、政治、法律等机关，把多数极苦的生产的劳动阶级压在资本势力底下，当做牛马机器还不如。”

他还写道：“要扫除这种不平这种痛苦，只有被压迫的生产的劳动阶级自己造成新的强力，自己站在国家地位，利用政治，法律等机关，把那压迫的资产阶级完全征服，然后才可望将财产私有，工银劳动等制度废去，将过于不平等的经济状况除去。若是不主张用强力，不主张阶级战争，天天不要国家、政治、法律，天天空想自由组织的社会出现；那班资产阶级仍旧天天站在国家地位，天天利用政治、法律；如此梦想自由，便再过一万年，那被压迫的劳动阶级也没有翻身的机会……利用政治的强权，防止他们的阴谋活动；利用法律的强权，防止他们懒惰，掠夺，矫正他们的习惯，思想都很是必要的方法。”

对于陈独秀“食言”的做法，胡适等人自一开始就抵制过。也因此，另一本“色彩鲜明”的杂志《每周评论》问世。陈独秀转到上海后，公开阐释《谈政治》，并在《新青年》刊发大量介绍马克思主义的文章，对此胡适于1920年底给陈独秀写了封信，针对“《新青年》色彩过于鲜明”问题，提出了三种解决办法：一、“听《新青年》流为一种有特别色彩之杂志，而另创一个哲学文学的杂志”。二、“将《新青年》编辑的事，自九卷一号移到北京来”，并“发表一个宣言，声明不谈政治”。三、借《新青年》“被邮局停寄”，而“暂时停办。”

接到胡适的信后，1921年1月9日，陈独秀给胡适等北京编辑部集体回了一封信，明确不赞成第二个办法（即编辑部移到北京）和第三个办法（即停刊）。他在信中表明“只要在世一日，绝对不赞成第二条办法”，因为“没有理由可以宣言不谈政治”。

专家认为，随着上海“马克思主义研究会”和上海共产党早期组织先后成立，早期共产党人开始有组织、有计划地研究和宣传马克思主义。这也表明，马克思的思想，正式从“学说”成为一部分人为之奋斗的“主义”。

1921年1月22日，胡适再次启用一人一票、少数服从多数的民主议事程序，公开致信“守常、豫才、玄同、孟和、慰慈、启明、抚五、一涵诸位”，力求在陈独秀认同的“公共目的”的前提之下达成共识。

胡适在此信末尾写道：“诸位的意见如何？千万请老实批评我的意见，并请对于此议下一个表决。”

九位北京同人进行民主表决的结果，较为一致地同意把《新青年》移到北京编辑。但是，他们等来的却是陈独秀写给胡适的一封分道扬镳的声明信。

就在致胡适信中宣告决裂的同一天，陈独秀却给鲁迅、周作人兄弟写下一封约稿信：“《新青年》风波想必先生已经知道了，此时除移粤出版无他法，北京同人料无人肯做文章了，惟有求助你两位。”

1922年7月1日恢复出版的《新青年》九卷六号，其实是《新青年》月刊的终刊号。1923年6月由瞿秋白负责主编的《新青年》季刊，已经完全变成中国共产党的机关刊物。1926年7月，《新青年》季刊出版第五期后彻底停刊。

尽管《新青年》杂志在短暂辉煌后走向终结，《新青年》的“金字招牌”仍有其市场号召力，只是最终成全的是汪孟邹的上海亚东图书馆，而不是陈子沛、陈子寿兄弟的上海群益书社。

真理之约

1919年春，时年21岁的施存统，母亲因长期操劳过度，加之生活窘困，导致双目失明，加之本就患有多种疾病而无钱医治，又饱受丈夫打骂与虐待，终含恨撒手人寰，卒年45岁。母亲的早逝，对施存统刺激极大，痛苦之中踌躇彷徨，不停地自问："中国历来主张'孝道'，百善孝为先，我爱母亲，可是父亲虐待母亲，我要对母亲尽孝，就要反对父亲。可是，对父亲同样要尽孝，我又不能反对他……"纠结愤懑之时，适值《浙江新潮》主编，小施存统一岁的俞秀松向其约稿，一蹴而就，写下《非孝》一文。文章通篇充斥对封建旧传统的反叛与抗争。此文一出，舆论哗然。认为作者实乃毒蛇猛兽，是孔教的叛贼。施存统由此而被学校开除。这便是当年一时引为轰动的"一师风潮"。

1920年4月中旬，施存统与此生誓做"一个有利国、有利民的东南西北人"的俞秀松同行，经上海去福建漳州，打算弃笔从戎，去投奔素有"社会主义将军"之称的陈炯明。途经上海，短暂停留。

这日，二人在上海街头漫无目的闲逛，俞秀松一眼瞥见马路对面的戴季陶，叫声："天仇！天仇兄!"戴季陶显然听见了，俞秀松立即拉了施存统直奔过去，道："这是施存统，我们刚到上海。"

戴季陶向施存统伸出手来握了一握，互道姓名。戴季陶笑道："寿松，别来无恙?"听说二人即将赴广东，一时没理解，面露恍惑之色。

俞秀松于是将施存统的遭遇，前前后后，一五一十，给戴季陶细述分明。

戴季陶听罢，恍然道："《非孝》文，写得好呵!"看一眼施存统，又道："复亮兄，先不要急着南下，不如我介绍你们认识一位革命领袖?"

说走便走。

黄包车不待客人招呼，已经快步行至眼前。三人猫腰上车坐定。戴季陶吩咐一句，"法租界。环龙路老渔阳里2号。"

正值春寒料峭。寒气把手冻得拙拙的，那车夫应声而起，甩开膀子拉了车，只是埋头快跑。

车子行至《新青年》杂志社门前停下，戴季陶迫不及待跳下车来，叫声“仲甫先生!”大步流星而去。

俞秀松与施存统紧紧跟在他身后，接踵相随。

陈独秀听得门外一阵吵嚷，抬头就看见三个人。走在前头的戴季陶将身后的二人让进屋来，再叫一声“仲甫先生”，道：“这是施存统。俞秀松的好朋友。”

俞秀松亦疾步上前，叫声“仲甫先生”，手已经直伸出去，躬身问好。紧接着，又将施存统的遭遇一五一十娓娓道来。

施存统立于一旁，默然无语。

陈独秀对施存统道：“你的《非孝》我看过。勇敢的年轻人!”此刻施存统紧张的神经方才松弛下来，纳下头喃喃自谦一声，陈独秀听罢戴季陶一番话，道：“你们想去投靠陈炯明?”不待对方开口，又道：“投靠军队，不如投身工厂……”

施存统与俞秀松很快便被陈独秀说服，决定留在上海。本打算到工厂去做工，然则施存统正患有肺病，不得不暂时放弃做工的打算，先在《星期评论》社帮忙。

话说俞秀松与施存统离开浙江一师到了上海，其时，陈望道亦因受《非孝》风波牵连，离开了浙江第一师范学校。

陈望道是浙江义乌人，家徒四壁，父母含辛茹苦供其上学，之后到日本早稻田大学留学，回国后在浙江一师做国文教员，算是有了一个稳定的职业与收入。陈望道积极倡导新文化，力求改革国文教学，早已引得浙江当局甚为不满。“一师风潮”后，当局开除校长经亨颐，陈望道决心与校长同患难，共进退，毅然决然选择辞职。然而，失业意味着衣食无落。怎么办？忖度之下，赴上海寻求出路。

适值戴季陶正寻思能否在《星期评论》上刊载《资本论》。深思远虑，总觉翻译《资本论》不太现实，能读懂的人，实在凤毛麟角，不如《共产党宣言》言近旨远，且对于诠释渗透社会主义思想，大有助益。若能将《共产党宣言》译为中文，真是再好不过。

戴季陶留学日本时，看过由英文译成日文的《共产党宣言》。1916 年回国时，曾带回一本 1906 年 3 月出版发行于日本的《社会主义研究》创刊号。上面有日文版《共产党宣言》。深知此书意义之大。然则真要翻译此书，难度可想而知。

《共产党宣言》语言独特，观点深邃，若要精准无误地翻译成中文，既要熟悉马克思主义理论，又要有很深的中文功底，且还须懂德文与英文，仅凭一本日文版谈何容易？找何人来译，亦非易事。

接连几日，因为翻译的人选尚无着落，戴季陶茶饭不思，夜不能寐。1920 年春节前的一天，戴季陶前来找邵力子商讨。见面叫声“仲辉兄”，蹙眉摇头，道：“想在《星期评论》上连载《共产党宣言》，一时不知该找谁来翻译为好……”

邵力子听罢，略忖了一忖，带笑道：“最佳人选，近在眼前。”极力向其举荐自己的密友陈望道，道：“早在一九一九年，鄙人尚在浙江第一师范学校任教，陈佛突就常为《民国日报》副刊《觉悟》撰稿……”他深知陈望道无论中文或日文，均有十分深厚的功力，又道：“此等重任，非陈望道莫属。他完全可以胜任此项工作。”

而对于《共产党宣言》的翻译，陈望道本人发表在 1980 年

《复旦学报（社会科学）》第三期《关于上海马克思主义研究会活动的回忆》一文中，曾有这样的文字——“……离开一师后，回家乡义乌译《共产党宣言》。我是从日文本转译的，书是戴季陶供给我的……”日后，在《回忆党成立时期的一些情况》一文中亦曾提到此事，“这书是《星期评论》约我翻的。原来准备在该刊发表……”

陈独秀一直惦记着李大钊的嘱托，适值听闻戴季陶希望请人翻译《共产党宣言》，且已经找到最佳翻译人选，大喜过望。即刻便让邵力子将他从北京带来的那本由李大钊从北大图书馆借来的英文版《共产党宣言》，一起带给陈望道，供其参阅。

正为生活着落四处奔忙的陈望道得知，戴季陶与邵力子希望他能将马克思主义的经典之作《共产党宣言》翻译成中文。不假思索，欣然应诺。

百端待举，任重道远。隔日，陈望道带着众人的殷切嘱托与厚望，回到故乡义乌分水塘。

施存统（1898—1970），又名复亮、伏量，别号伏图，化名方国昌，浙江金华市金东区源东乡叶村人。1920年加入中国共产党上海发起组，参与成立马克思主义研究会，成为中国共产党最早的党员之一。

陈炯明（1878—1933），字竞存，广东省汕尾市海丰县人。粤系军事将领，中华民国时期军政代表人物之一，主张“联省自治”，与孙中山“大一统”的政治纲领不合，被国共讨伐后避居香港。

戴季陶（1891—1949），初名良弼，后名传贤，字季陶，笔名天仇。原籍浙江吴兴（今浙江湖州），生于四川广汉。早年留学日本，加入同盟会。辛亥革命后追随孙中山，参加二次革命与

护法战争。五四期间，思想激进，是中国马克思主义最早的研究者之一。

俞秀松（1899—1939），又名寿松，字柏青，化名王寿成，浙江诸暨次坞镇溪埭村人。中国共产党早期杰出革命活动家。与陈独秀同为中国共产党上海发起组（中共历史上第一个共产党早期组织）的五位发起人之一，中国共产党成立发起人之一，“中国社会主义青年团”（共青团）创始人，是中国共产党首次出席莫斯科国际会议和首批留苏俄学习的共产党人。

邵力子（1882—1967），原名邵景泰，字仲辉，号凤寿，浙江绍兴人。早年加入同盟会，与柳亚子发起组织南社。提倡革新文学。1920 年加入中国共产党上海发起组。1921 年加入中国共产党。时任上海《民国日报》总编辑。

陈望道翻译《共产党宣言》

陈望道的家乡分水塘，坐落于浙江义乌西北部。义乌城西街道分水塘村，以山峦为障，因村中一口池塘的水分成两系，一支流往义乌，一支流向浦江，由此而得名。

陈家祖屋位于村后，一幢建于清宣统年间的古老庭院。

2 月，陈望道风尘仆仆归来，放下行李，片刻不歇便拿出带回来的书籍，急于动手翻译。然则不及一碗茶的功夫，左邻右舍，接踵而至，你一言他一语，问起外面的局势来。

陈家人缘好，邻里之间来往频繁，一霎眼，门庭若市。众人且说且笑，十分热闹。笑谈间陈望道纳下头独自思索着，偶尔附和一声，暗想：“太闹腾，得找一处僻静之地尽快开始翻译工作。”

“一师风潮”余震未散，陈望道一直是反动当局的重点怀疑对象，倘若给人知道他此次回乡的真实目的，自身安全尚可置之度外，然而翻译《共产党宣言》却万万马虎不得。

躲到哪里翻译为好？

踌躇再三，陈望道出得门来，绕正屋前后左右看了又看，一眼瞥见院子拐角处的小小柴房。

疾步过去，将柴屋推开，就听吱呀一声。屋内堆满农用杂物、废旧家什，蛛网尘封。以石块垒就的墙，因年久失修，四处漏风。仅有的后窗彻底敞着，可以看见墙外那棵老杏树，适值初春，枝头微现出花蕾。

陈望道略忖了一忖，低头将柴禾与农具杂物堆至墙角，窗前腾出一片空地来，洒水清扫，两条长凳上面搁块旧门板且作书桌。

一通忙活，各事就绪，陈望道紧绷的神经此时方才松弛下来。白天靠窗坐，借着窗外透进来的亮光，且默读，且凝神细思，时不时将英文版本与日本版本《共产党宣言》对照一番，埋头只是书写。

不觉天色将晚，将窗口以布遮掩，点上煤油灯继续奋战。

南方山区的初春，夜里寒风侵肌，坐一天下来，手脚冰冷，直至酸胀发麻。手冻得拙拙的握不住笔，陈望道潜心贯注，目不转睛纳下头斟词酌句。

开始翻译前，陈望道嘱咐家人，道：“从今天起，我要在柴屋里干一件极重要的事，不能让外人知晓，也不能给任何人打搅。”一日三餐，皆为母亲送来。

适值端午节将至，母亲特意包了粽子给儿子做点心，外加一碟红糖沾着吃。

过些时候，母亲来取碗筷，竟发现儿子满嘴乌黑，那碟红糖纹丝未动。啧道："吃完了？"

陈望道并不抬头，含糊漫应一声。

母亲又道："糖甜不甜？"

陈望道脱口而出："甜，真甜！"

历时一个多月，夜以继日，至4月底，陈望道顺利完成《共产党宣言》的中文翻译。5月初，接到加急电报。《星期评论》编辑部邀其速赴上海，担任该刊编辑。时年29岁的陈望道，片刻不敢耽搁，立即携带译稿启程。

然则好事多妨。正当《共产党宣言》要在《星期评论》上连载之时，因刊物宣传十月革命与马克思主义学说，引起租界当局注意已经有些时日。

1920年6月，上海当局对《星期评论》实施邮检。于6月6日迫其停刊。

杂志停刊，便意味着不能连载《共产党宣言》。怎么办？

忖量之下，陈望道去寻俞秀松商讨对策。

6月27日夜，陈望道将译稿交给俞秀松，嘱其将译稿送交陈独秀。

有关此事细节，俞秀松在当天的日记中有文字记载——"六月二十七日夜，望道叫我明天送他所译的《共产党宣言》到独秀家里去，这篇宣言底原文是德语，现在一时找不到，所以只用英、俄、日三国底译文来校了。"28日的日记中写道——"九点到独秀家，将望道译的《共产党宣言》交给他，我们谈些译书的事，总该忠实精细，但现在译书的人，每天以译书度生活，总许有八千字，才能生活……"

在《共产党宣言》的出版宣传中，邵力子赞其"唯准确为本，唯流畅为要……费了平常译书的五倍功夫，终于在1920年4月下旬，将这部伟大的著作译成中文。”并着重强调：“《宣言》译稿经过通晓日、德、英、法四国语言的李汉俊校阅，又送到既懂英、日文，又对马克思主义理论有研究的陈独秀手中，请陈独秀再行校看，而后出版发行……”斯言一出，读者不禁以手加额。

话说由于《星期评论》停刊，《共产党宣言》译稿的出版，颇费周折。

适值陈独秀正在上海，与李汉俊、俞秀松等人筹划组建马克思主义研究会。

这日，俞秀松蹙额皱眉，显得郁郁寡欢。

陈独秀叫声“寿松”，道：“有事不妨直说。”

俞秀松于是将陈望道来沪前后，以及具体事由，一五一十，娓娓道来。

陈独秀听得欣然，道：“好事！我们欢迎有识之士！”不等对方开口，又道：“中国共产主义运动基础本就薄弱，至今连马克思的《资本论》尚无中文译本。”热情邀请陈望道参加马克思主义研究会。

陈望道就此与陈独秀结识。

俞秀松听罢亦觉高兴，马上将陈望道翻译的《共产党宣言》，连同日文版本、英文版本一同交付李汉俊校阅。

李汉俊是中国共产党创建者中的学者型人物，堪称马克思主义理论家，精通日、英、德、法四国外语。他逐字逐句看罢，仔细校正修改，再交给陈独秀最终审阅。之后，陈望道再结合两人的具体修改意见，重新校稿，《共产党宣言》中文版方才定稿。

不日，陈望道接受陈独秀邀请，就任《新青年》杂志编辑。

卡尔·马克思去世37年后，在遥远的东方国度，《共产党宣言》中文版得以面世。这本中国最早的陈氏译本，犹如漫漫寒夜中的一盏指航灯，骤然间点亮了黑暗笼罩下的旧中国。

1920 年 8 月，中国共产党上海发起组建立，八位成员，陈望道是其中之一。发起组的任务之一，便是宣传马克思主义，而更为重要且当务之急，便是出版《共产党宣言》。

其时，上海华界仍处于军阀统治之下，租界被帝国主义所统治，当局对于“共产主义的幽灵”，深感头疼，既怕且恨，岂能容《共产党宣言》公开印行？再者便是缺少出版经费。

1920 年 5 月，共产国际代表维经斯基来到上海，面晤陈独秀等人，共同筹谋创建中国共产党事宜，并带来大笔资助款项。

陈独秀见机而作，将《共产党宣言》中文版眼下所处困境，一五一十，详述分明。维经斯基亦觉兴奋，立即允诺动用共产国际经费。说干就干。即刻便在辣斐德路（今复兴中路）成裕里 12 号，开设“又新”秘密印刷所，专门负责承印《共产党宣言》。

几经磨砻淬砺，《共产党宣言》中文首译本，终于在 1920 年 8 月付梓。由社会主义研究社出版。

初版共印行 1 000 册。首译本为 32 开，精美小巧。封面印有红底马克思半身坐像，画像上方印有“社会主义研究小丛书第一种”以及“马格斯安格尔斯合著，陈望道译”等字样。

翻开这本小册子，内页采用五号铅字，竖版直排。无扉页。无序言。亦不设目录。删芜就简，简明扼要。然而稍有一丝缺憾的是，书名初被错印为《共党产宣言》，且文中有二十余处讹字，然则仍瑕不掩瑜。

《共产党宣言》中文首译本一经推出，消息不胫而走，迅速在先进知识分子群体中掀起购买与阅读热潮，并迅速宣告售罄。

同年 9 月，经仔细勘误校正，《共产党宣言》中译本再版。封面马克思坐像底色，由红改蓝。第二版同样大受热拥，以致许多未能买到的读者致信《新青年》与《民国日报》，纷纷询问购书事宜。

上海共产党发起组经共同协商决定，由沈玄庐出面，在《民国日报》刊登《答人问〈共产党宣言〉的发行》，文中告知“法大马路大自鸣钟对面《新青年》社”。且广而告之，“凡研究《资本论》此学说之人，万万不能不看《共产党宣言》……”

1921 年 9 月，人民出版社在沪成立。在该社的首批出版书目中，陈望道翻译的《共产党宣言》中译本，赫然列于位首。

第一次国内革命战争时期，广州平民书社以及上海书店等纷纷重印此书，单平民书社就重印多达十余次。至 1926 年 5 月，社会主义研究社印行《共产党宣言》多至十七版。更有难以数计的“盗版”面世。成为国内影响最大的共产主义学说经典著作。其再版的速度，远超同时代的任何一本图书，受欢迎程度，可见一斑。

毛泽东是《共产党宣言》中文首译本众多拥趸之一。1936 年 7 月，他接受来延安的美国记者埃德加·斯诺采访，曾袒露自己思想成长的心路历程，这样道：“有三本书特别深地铭刻在我的心中，建立起我对马克思主义的信仰。我一旦接受了马克思主义是对历史的正确解释以后，我对马克思主义的信仰就没有动摇过……”而排在这三本书之榜首的，便是陈望道翻译的《共产党宣言》。（参见《西行漫记》，原名《红星照耀中国》）

毛泽东于 1920 年 5 月抵达上海。1919 年末在湖南领导“驱张运动”，大获成功。先是到北京拜望李大钊与胡适等人，而后赴沪。入住哈同花园旁的哈同路民厚里29号（现安义路63号），一处石库门房屋。

5月9日，毛泽东赶至黄浦江码头，匆匆送别又一批赴法留学的新民学会朋友，之后的近两个月中，多次面晤陈独秀。

老渔阳里2号（今南昌路100弄2号）的石库门里弄住宅，屋内毛泽东与陈独秀夜雨对床，促膝长谈。时隔多年，毛泽东接受斯诺采访，曾有这样的回忆文字——“在上海，我和陈独秀讨论我们组织‘改造湖南联盟’的计划，和陈独秀讨论我读过的马克思主义的书籍……陈独秀谈他自己信仰的那些话，在我一生中可能是关键性的这个时期，对我产生了深刻的印象……他影响我也许比任何人要大。”又道：“到了1920年夏天，在理论上，而且在某种程度的行动上，我已成为一个马克思主义者了。而且我也从此认为自己是一个马克思主义者了……”（参见《西行漫记》）

1920年7月，毛泽东离开上海返回湖南。同年9月，《新青年》复刊，11月，《共产党》秘密创刊。陈独秀数次将刊物寄至湖南，并督促毛泽东尽早建立社会主义青年团。

不久，毛泽东在湖南建立“文化书社”，因资金短缺，陈独秀四处游说集资，以解燃眉之急。之后，以陈独秀作“信用介绍，免押金”的出版社包括新青年社、亚东图书馆、群益书社等。

1921年1月13日，长沙社会主义青年团正式成立。

第八章
中共上海发起组成立

《星期评论》“三驾马车”之李汉俊

1920年6月20日，戴季陶资助施存统赴日本学习养病。在日本东京，施存统与陈独秀、李达等隔空传书。共同商讨有关建党的诸多事宜。

适值周佛海在日本鹿儿岛第七高等学校读书，施存统与之取得联系，共商建立旅日共产党早期组织事宜。陈独秀指定施存统为该组织的负责人。

旅日共产党早期组织刚刚成立之初，进展缓慢，难有起色，且在中共一大召开之前，成员只有施存统与周佛海二人。之后上海共产党早期组织李达与李汉俊寄信函来，要求派代表参加中共一大会议，二人曾一度彼此互相推选，考虑到周佛海已多年未回国，最终决定由周佛海代表旅日共产党早期组织出席。

而这一时期的施存统，在日本大量阅览，博观经典马克思主义理论书籍，受益匪浅。深受日本共产主义研究者河上肇的影响，马克思主义理论水平亦得到极大提升。由其翻译的《资本论大纲》与《社会进化论》等著作，颇受读者赞赏。

1921年4月，日本著名作家芥川龙之介到上海，曾专程拜望一位年仅27岁的年轻学者——李汉俊。日本《大阪每日新闻》的记者村田孜郎与之同行。那么，年轻的李汉俊缘何有如此之大的影响力？

且听笔者娓娓道来。

1904年，年仅14岁的李汉俊东渡日本。留日期间，深受河上肇、堺利彦等日本社会主义者的影响，而毅然放弃较为喜欢的数学，选择马克思主义。李汉俊通晓日、德、法、英四国语言，日后对其学习马克思主义原著，优势可谓得天独厚。

1918年岁末，李汉俊回国。与詹大悲同住上海法租界渔阳里，从事写作与翻译工作，并积极传播新文化与马克思主义。芥川龙之介在《上海游记》里曾这样写道——“李氏乃身材不高之青年，发稍长，长脸，血色不足，目带才气……”并坚称：“李氏年仅二十八岁，按信条应为社会主义者，上海‘少年中国’代表人物之一……”

1919年春，董必武由鄂赴沪，与张国恩同住渔阳里，就此结识李汉俊。李汉俊向二人热情介绍俄国十月革命，并将反映新思想新思潮的日文书籍杂志《马克思资本论入门》《黎明》《改造》《新潮》等逐一详细讲解。

董必武阅罢，顿觉“深以为然”，就此开始信仰马克思主义。日后，董必武称李汉俊为“我的马克思主义老师”，绝非谦辞。

1920年，李汉俊与陈独秀共同发起组织马克思主义研究会，以及之后成立共产党上海发起组，同时创办《劳动界》周刊，并赴武汉帮助筹建武汉共产党早期组织。

上海法租界白尔路（今顺昌路）三益里17号，住着李氏兄弟，即李书城与李汉俊。李书城乃同盟会元老。李汉俊则是留日归来的青年才俊，信仰马列主义。1920年春，李汉俊参加上海《星期评论》的编辑工作，与戴季陶与沈玄庐并称为《星期评论》的“三驾马车”。

李宅斜对过的5号，住着邵力子。

其时，陈望道一到上海，便住进李汉俊家。随即将《共产党宣言》中译本连同日文本英文本，一同交给李汉俊，请其参考校阅。

李汉俊校毕，立即送往相距不远处的环龙路老渔阳里2号，即陈独秀寓所。

1920年8月，上海共产党早期组织正式成立。陈望道为八名成员之一，其余七人为，陈独秀、李达、李汉俊、沈玄庐、杨明斋、俞秀松、施存统。这是中国第一个共产党早期组织，实际上起着中国共产党发起组的重要作用。

上海共产党早期组织成立之初，公推陈独秀为书记。此时尚无委员一说，遇事踌躇不决，陈独秀便去找李汉俊与陈望道等人商讨。

日后聊及往事，同时代的张国焘曾这样回忆道："陈先生（陈独秀）向我表示组织中国共产党的意向，已和在上海的李汉俊、李达、陈望道、沈定一、戴季陶、邵力子、施存统等人谈过，他们一致表示赞成……"

包惠僧亦曾回忆："当时上海方面的陈独秀、李汉俊、沈玄庐和北京方面的李大钊，一致主张成立中国共产党……"

而从中共上海发起组最初的成员来看，陈独秀与李汉俊二人，对于马克思主义理论与无产阶级政党思想，已经有较为深刻的研究了解，另外几位成员，刚从学校毕业，对于马克思主义学说，并无太多研究。俞秀松自己亦曾这样道——"我对于安那其主义和波尔雪佛克主义，都觉得茫无头绪，从前信安那其主义，的确是盲从的……"（参见《俞秀松日记》）

1920年9月1日，《新青年》焕然一新出刊。新刊高擎宣传马克思主义旗帜，陈独秀与陈望道举肩并行。直至1920年12月中旬，陈独秀离沪赴粤，应陈炯明的邀请，赴广东省就任教育委员会委员长。行前，特将《新青年》的编辑重任交付陈望道，并嘱李汉俊代理其中共上海发起组书记之职。

詹大悲（1887—1927），原名培翰，又名翰，字质存，湖北蕲春檀林镇詹山村人（原田桥乡詹山村），著名革命派报刊活动家。1920年8月，中国共产党上海发起组成立，因詹与孙中山关系较好，社会影响较大，因此大家认为他不公开为宜，一般不参加党的会议。党的指示精神，由联系人传达，詹大悲以后就一直按这种方式执行党的任务。

张国恩（1880—1940），亦名眉宣、梅轩，别名梅先，湖北黄安（今红安）人。1919年2月，在上海与董必武相遇，共同主持湖北善后公会，从李汉俊处接触到马克思主义书籍。1920年夏，接李汉俊信，嘱其在武汉筹建共产党组织，遂与董必武、刘伯垂等人筹划，于同年秋，在其律师事务所成立武汉共产党早期组织。

中共上海发起组成员李达

李达成为一名坚定的马克思主义者，革命之路并非径行直遂。青年时期曾“简单地设想，中国之所以贫弱到这种地步，是由于中国人知识不发达的缘故。只有发展教育事业，才能唤醒全国人民的觉悟”，一度曾抱有“教育救国”之理想。然则辛亥革命失败，北洋军阀充当列强宰割中国人民工具的现实，终使李达希望破灭，继而转向选择“实业救国”。

留学期间，因用功过度，李达身染肺病而不得不辍学回国。三年后再赴日本，就学于日本第一高等学校（后改称东京帝国大学）学习理科。在日期间，耳闻目睹日本军国主义肆意掠夺中国之现状，以及对中国留学生的种种欺凌侮辱，深受刺激的李达，不禁扪心自问，究竟如何才能救中国？如何才能改变国家与民族积贫积弱之窘境？

俄国十月革命大获成功。李达从日本的进步书刊上读到许多关于苏俄十月革命的文章，思想大为震动，如醍醐灌顶，就此树立起对马克思主义的向往，并认识到只有学俄国无产阶级进行社会革命，方能救中国。

五四运动爆发，李达先后写下《什么叫社会主义》《社会主义的目的》《女子解放论》等诸多篇章，刊发于上海《民国日报》副刊《觉悟》。陈独秀被捕后，他赶写《陈独秀与新思想》一文，跨洋声援，文章盛赞陈独秀是“一个拼命鼓吹新思想的人，一个很为了主义肯吃苦的人……”并深刻指出：“今日世界里面的国家，若是没有把‘新思想’来建设改造了的‘新国家’，恐怕不能立足在二十世纪！”

1920年夏，李达回国。去拜望陈独秀，陈独秀向其介绍共产国际代表维经斯基来华商谈建党事宜，以及自己正与李汉俊等人发起建党之事。此乃李达多年夙愿，自然一拍即合。随即与陈独秀、李汉俊等人组建中国共产党上海发起组。创办并主编中国共产党上海发起组秘密机关刊物《共产党》。同时开始筹备并组织中国共产党第一次全国代表大会。

1921年，创办人民出版社与上海平民女校。李达日后这样回忆——“中国共产党发起组在上海、北京、长沙、武汉、济南与广州等多地成立起来。我也在这一年以‘中国留学生总会’代表的身份，从日本归国寻访‘同志’，就在上海参加了发起建党的活动……”

马克思主义研究会的多数成员，都认为中国有建立共产党之必要，应立即着手建党。李达日后这样回忆道——“我回到上海以后，首先访问陈独秀，谈起组织社会革命党派的事。他说他和李汉俊正在准备发起组织中共，就邀请我参加做了发起人。这时的发起人一共是八人，即陈独秀、李汉俊、沈玄庐、陈望道、俞秀松、施存统（时在日本）、杨明斋、李达。”特意指出，“每次开会时，吴廷康（即维经斯基）都来参加……”进而又道：“经过紧张筹备，建党工作进入实质性阶段。1920 年 6 月，陈独秀、李汉俊、俞秀松、施存统、陈公培五人在陈独秀寓所开会，决定筹建共产党组织。初步定名为社会共产党，并起草了党的纲领。这是实际性建党的重要一步。由于党的名称一时不能确定，陈独秀写信给张申府征求意见。张申府一人难以定夺，找李大钊商议，根据李大钊的意见，最终正式定名为‘共产党’。后称其为‘中国共产党上海发起组’……”

中共上海发起组的主要成员，均来自马克思主义研究会的骨干。而作为中国共产党的第一个早期组织，中共上海发起组的成立，亦使得“中国的共产主义运动”，由此而进入有组织有计划的实践性阶段。

究其本质，彼时之中共上海发起组，起着中国共产党的发起组织作用。宣传马克思主义建党思想，制定党的宣言纲领，并将马克思主义与工人运动相结合，努力推动各地建立党团组织。尤其在建党的过程中，发挥领导与核心作用。在筹备召开中国共产党第一次全国代表大会等诸多方面，贡献之大，可谓不世之功。

然则世上事，合久必分。因意见不合而分道扬镳，双凫一雁各自飞，并不以为奇。

日后，据李达回忆，李汉俊曾向陈独秀写信，请其拨款作为党的活动经费，遭拒。且对于李汉俊来信所提到“每月从新青年书社拨两百元活动经费”一说，陈独秀的意见，迥然有异，他对谭植棠道：“这怎么可能？《新青年》的经费本来就紧张，每月再拿出200元，《新青年》还办得下去？”

1920年12月，陈独秀前往广州，陈独秀临去广州之时，曾与李汉俊约定，《新青年》每编出一期，即付编辑费一百元，之后李汉俊并未能按月编出，该社便不付给编辑费。

然而事实并非如此。陈独秀南下之后，李汉俊常常连明连夜工作，亲自撰文并审定稿件，只为不耽误《新青年》的预定排印日期。不料倒落得一个“不付编辑费”的结果。不日后，关于“中央集权与地方分权”问题，二人心生芥蒂，加之陈独秀信上的口吻恶声恶气，毫不留情。一气之下，李汉俊便将党的名册连同一些文件交给李达，道：“这个代理书记，我干不了。请你来做吧。”不待对方开口，又道：“你要是不愿意做，就请陈独秀找人代理。”

然而生气归生气，做事秉承持之以恒的李汉俊，暂且将与陈独秀的个人矛盾抛之脑后，仍继续积极筹备中共一大。

缘此，1921年2月，李汉俊辞去代理书记职务，改由李达接任。直至中共一大召开，由李达全面负责中共上海发组的各项工作。

谭植棠（1893—1952），曾用名昌泰，出生于广东省高明区明城镇濠基坊（村），著名的三谭（谭平山、谭天度、谭植棠）

之一。广东共产党早期组织的创建者与领导者之一。

共产国际派遣红色使者来华

1919 年下半年至 1920 年，欧洲各国革命斗争先后受挫，革命陷入低潮。列宁认识到国际共产主义运动，应当关注东方的民族解放斗争，方可摧毁资产阶级基础。共产国际随之将注意力投向殖民地与半殖民地国家。

为便于同东方各国的革命力量进行联系，帮助这些国家尽快建立共产党组织，以便更快更好地开展共产主义运动。1920 年 3 月，俄共中央建立了俄共（布）远东局，统筹远东各国革命。同期在海参崴成立“俄共（布）远东局海参崴分局”。

1920 年 4 月，正当中国先进知识分子积极筹备建党事宜之际，经共产国际批准，俄共（布）远东局海参崴分局外国处，派出全权代表维经斯基等人来华，专门了解五四运动后，中国革命运动的具体发展情况。而此行的另一个目的，则是考察能否建立共产党组织。

首位来华的红色使者是维经斯基。

维经斯基一行人初到中国，对北京人地两生，如何能尽快切入主题？忖量之下，去往苏俄驻中国大使馆寻求帮助。悉知有两位俄侨鲍立维与伊凡诺夫，适值在北京大学教授俄文，即刻奔赴北大，由其介绍同李大钊面晤。

维经斯基化名吴廷康，公开身份为俄文报纸《生活报》记者。对外宣称此次中国行，目的是为筹建一家“华俄通讯社”。随行人员还有维经斯基的妻子兼秘书库兹涅佐娃，以及旅俄华人、俄共（布）党员、翻译杨明斋等人。

维经斯基对中国的五四运动耳闻目睹，而李大钊久慕俄国十月革命，对十月革命后苏俄的消息尤其关注。得知来意，热情接待俄国使者一行，并组织召开座谈会与演讲会，邀请进步人士与革命青年参加。

中外人士于北大图书馆相约面晤。谈话内容就彼此所关心的问题，逐一展开。

日后，同时代的罗章龙这样回忆道——“我们同维经斯基见面的谈话会，是在图书馆举行的。会上，他首先介绍了十月革命。他还带来了一些书刊，如《国际》、《震撼世界十日记》等。后者是美国记者介绍十月革命的英文书。他为了便利不懂俄文的人也能看，所带的书，除俄文版外，还有英文、德文版本……”（参见罗章龙著：《椿国载记》，生活·读书·新知三联书店 1984 年版。）

维经斯基详细介绍十月革命后苏俄的现状，以及苏俄对华政策，进一步讲解了共产国际与国际共产主义运动的现状与经验。根据苏俄的革命经验，提出建议：“组织中国共产党，尽快加入共产国际，对于中国革命已急如星火。”又道：“中国已经具备了建立共产党的条件……”

上海地处长江口，对外联系十分便利。且彼时之上海，乃中国最大的工业城市，亦是无产者聚集地。是诸多帝国主义国家矛盾聚焦点，更是帝国主义统治中国的基地所在。此地蕴藏有巨大的革命能量，只待时机成熟，化茧成蝶。

维经斯基选择上海，作为首建中国党团的组织地，实乃深思熟虑之举。

李大钊听罢，略忖了一忖，道：“关于筹组政党之事，我认为，还是要与陈仲甫先生面谈最为适宜……”经历五四运动洗礼，陈独秀振臂一呼，从者甚众，而作为五四运动的发起人与组织者，李大钊深知，没有人比陈独秀更具有凝聚力与号召力，于是将些许具体案例娓娓道来。

维经斯基听罢，亦觉有理，但面露恍惑。

李大钊不待对方开口，即刻动笔，给陈独秀写信。信上将红色来华使者此行目的，一五一十，缕述分明。写罢，从头至尾读一遍，交于维经斯基，微笑道：“烦请维经斯基先生即刻赴上海详谈。”

其时，北京的局势再度紧张起来，北洋政府又开始追捕爱国学生。张国焘也上了黑名单。适值学联为南洋募捐，于是就派张国焘去上海负责联络接洽。

临行，张国焘前来向李大钊告别，叫声“先生”，道：“还有什么要我捎话给陈先生？”

李大钊纳下头默然片刻，道：“仲甫已经来过好几封信，言辞比较激进，时下我们对于黑暗政治的反抗，便是要采取直接的行动。再三提出要尽快采取实际行动，大干一场……”张国焘怔怔听着，他又道：“然则究竟怎么干法，信中又没有明确的表示。还是要小心些为好……”让张国焘代自己表明态度，继续道：“我主张从研究马克思主义入手，仲甫兄倘若有任何更进一步的计划，我一定赞成。”觉得借鉴俄国革命，应该首先从理论上着手。

早在3月，李大钊便已经在北京大学组织成立马克思主义研究会，开始做理论宣传工作。

一到上海，张国焘就住进陈独秀家。半个多月朝夕相处，近距离接触与了解，陈独秀给其留下极为深刻的印象。

待再次返京，张国焘把上海的情况，向李大钊仔细逐一汇报。李大钊十分赞同陈独秀的意见，并于当天给陈独秀复信，内容多是与建党有关的事。

第九章
筹备建党

亲历者回忆

1920 年 4 月下旬的一天，陈独秀正伏案给北京的李大钊复信，商讨进一步建党之事，妻子高君曼叫声“仲甫”，道：“有一男一女两位俄国人，同行人还有中国人，从北京特地前来拜访。”

话未落音，来人进得屋来，张国焘叫声“陈先生”，将李大钊的亲笔信递上前来。

陈独秀读罢欣然，立即通知上海《星期评论》的戴季陶、李汉俊与沈玄庐，《时事新报》主编张东荪等思想界名流与会。此后，张东荪与戴季陶因政见不合而先后离开。

维经斯基与陈独秀多次秘密会晤之际，适逢《共产党宣言》中文版的印行受阻，维经斯基出手相助，方才有了之后的不朽巨作。此处不再赘述。

陈独秀同维经斯基的会面，无疑加快了在上海乃至南方建党的步伐。

同年 5 月，某日，陈独秀秘密召集李汉俊、李达、陈望道等人开会。万事俱备，只欠东风，他开门见山道：“守常在北京已然发起组织马克思学说研究会，我们也不能落后。我提议，上海是不是先组织一个秘密团体——马克思主义研究会，为共产党的建立作好组织准备。你们意下如何？”

众人一致同意即刻在上海发起成立“马克思主义研究会”。成员包括陈独秀、施存统、俞秀松、杨明斋、戴季陶、李汉俊、沈玄庐、陈望道，共八人。并推荐陈独秀为研究会负责人。

1920年6月，陈独秀、施存统、俞秀松、李汉俊、陈公培五人，于上海老渔阳里2号，即陈独秀的寓所，秘密召开会议，商讨成立共产党。推举陈独秀为负责人。由戴季陶负责起草党纲十余条。施存统、俞秀松、沈玄庐参与党纲的讨论与修改。明确指出，党要“用劳农专政和生产合作为革命手段”。并初步定名为“社会共产党”。

1920年7月，经维经斯基亲自指导，中俄通讯社在上海设立，地址位于上海霞飞路（今淮海中路）渔阳里6号。该社由杨明斋负责。工作主要为两项，其一，翻译并报道有关苏俄以及共产国际方面的资料，其次，将中国报刊上的重要消息译为俄文，发往莫斯科。

1921年1月起，中俄通讯社改称华俄通讯社。

1920年8月底，陈独秀将上海建党具体情况，隔空传书，与李大钊频频鱼雁往来，希望“从速在北方发动，先组北京小组，再向山东、山西、河南等省和天津、唐山等城市发展……”李大钊则复信道：“上海所拟议的要点，都是切实可行的，在北京可以依照着发动起来……”

上海共产党早期组织成立之初，名曰“社会党”。9月1日出版发行的一期《新青年》，发表有陈独秀的《对于时局的成见》，文中所用的名称为“吾党”“社会党”。

而有关此事，陈独秀曾致函北京大学张申府，征求党的名称的意见。信中有条有理道：“在开始酝酿建党之时，除有信仰共产主义者外，还有胡汉民、戴季陶、张东荪等人，以及一些无政府主义者，所以叫‘社会党’……”担心叫“共产党”，怕他们接受不了。然而没多久，他们几位皆已退出，究竟该叫“社会党”还是“共产党”，他一时拿不准，并叮嘱张申府：“这件事情在北大，只有你和守常可以谈……”

张申府一时亦难定夺，前来找李大钊商讨，李大钊道：“俄国社会民主工党已称共产党了，其他一些国家原叫社会党的，也正改称共产党，你回信给陈独秀，不要叫社会党，就叫共产党。”

施存统在《中国共产党成立时期的几个问题》一文中回忆道：“党的上海小组成立于1920年6月，一开始就叫‘共产党’。它的机关刊物也叫《共产党》……”而陈公培只记得在陈独秀家里座谈，道：“作为组织共产党的准备，搞了五六条章程，很简单，但并没有提到组织的名称……”

1954年2月23日，李达在给上海革命历史纪念馆的信中，曾有这样的文字——“1920年夏季，C.C.P.（笔者注：C.C.P.为Chinese Communist Party简写，即中国共产党）在上海发起……”。他提出，当时发起组织的不是“共产主义小组”，而是C.C.P.，中文名称是什么？他没有说。日后（即1955年8月2日），李达接受采访时曾回忆道——“成立共产党的会议，是在《新青年》杂志社内召开的……党的上海发起组，推陈独秀做书记。”

而《共产党宣言》第一个中文全译本的翻译者陈望道，亦较早加入中共上海发起组，他在1956年6月曾这样回忆道——“1920年4、5月间成立‘马克思主义研究会’，后来就是党。并未改用别的名称……”

时在商务印书馆工作的沈雁冰（即茅盾），亦曾在1920年夏天，经常参与陈独秀等人的聚会。1957年4月，他这样回忆道——“小组当时有个名称，我忘记了，但不叫共产党，也不叫马克思主义研究会……”

邵力子在1961年回忆——“研究会成立半年多，逐渐转变成共产主义小组的性质……”仍然没有提及名称究竟是什么。

笔者查阅周佛海的《往矣集》(1942年出版)，书中则称其为“筹备性质的组织”。

括而言之，同时代的七位代表的回忆，肯定一开始就叫“共产党”的，只有施存统。

直至1990年，发现俞秀松日记残篇。1920年7月20日的日记中，俞秀松曾写道——“经过前回我们所组织底社会共产党以后，对于安那其主义和波尔雪佛克主义，都觉得茫无头绪……”日记中提及“社会共产党”，所指应该就是1920年6月建立的中国共产党上海发起组，而并非施存统所说的，一开始就叫“共产党”。施存统的回忆文字中有“它的机关刊物也叫《共产党》……”实则《共产党》创刊于1920年11月，是在决定建立发起组的半年之后，也并非在“一开始”。

其时，适值与李大钊一起在北京筹建共产党组织的张申府，曾有过一段比较细致的回忆文字——“关于党的名称叫什么，是叫社会党还是叫共产党，陈独秀自己不能决定，就写信给我，并要我告诉李守常，”又道：“我和守常研究，就叫共产党……我们回了信。”而陈独秀给张申府写信的时间，正是1920年8月间。亦即陈独秀与李汉俊、俞秀松、施存统、陈公培决定成立中国共产党上海发起组之后，就此说明，中共上海发起组成立之初，“党”的名称，尚无明确定论。

言而总之，结合以上诸多回忆细节，可以悉知，中国共产党在开始创建时，既考虑过称“共产党”，亦考虑过称“社会党”，或者“社会共产党”。

上海共产党早期组织，当时的名称为“共产党”，并不仅仅只是上海地方性的党组织，而是起着中国共产党发起组的作用。

不久后，北京、武汉、长沙、济南、广州，以及旅日、旅法勤工俭学青年，纷纷各自建立起共产党早期组织。

张申府（1893—1986），名崧年，河北献县人，中国共产党主要创始人之一，中国罗素研究第一人。张国焘由他介绍进入北京共产党早期组织，也是周恩来的入党介绍人，又与周恩来一起介绍朱德加入中国共产党。大革命时期因政见不同退党。

杨明斋（1882—1938），山东平度马戈庄人。本名好德，字明斋，上海共产党早期组织和社会主义青年团筹建者之一。中国共产党创立时期著名的革命活动家，与李大钊、陈独秀、张国焘等一起工作过，对党的早期事业作出过重大贡献。周总理赞誉他为我党历史上受人尊敬的“忠厚长者”。

各地青年志士响应

中共上海发起组成立伊始，陈独秀便积极倡议成立社会主义青年团，并让发起组内最年轻的俞秀松担任书记。

北京、长沙、武昌、天津、广州等地，也随之纷纷建立社会主义青年团。

旧中国尚处于黑暗迷茫之中的青年志士，为真理所召唤，所吸引，不约而同来到上海，齐聚于《新青年》编辑部。

与此同时，陈独秀指导上海发起组开办外国语学校，由杨明斋教授俄文。李达、李汉俊、袁振英教授日、法、英文。陈独秀也常来讲课。诸多青年学成后被送往苏联学习深造，他们中不乏有人从苏联学成归来，投身于革命。

是时，湖南长沙《湘江评论》编辑部内，毛泽东正在读一本翻译过来的《资本论》。且读且纳下头凝神细思，偶尔叨咕一声，工人与资本家的关系，恰如农民跟地主之间的关系……

一旁的何叔衡听见了，道："此话怎讲？"

毛泽东并不抬头，道，农民没有土地，就等于一无所有。没有任何生产资料，就相当于无产者。跟工人阶级的处境如出一辙。略顿了一顿，又道，地主将地租给农民去种，相当于资本家的工厂招聘工人做工。地仍属于地主，工厂跟机器照旧属于资本家。种地之后的收成，一小部分给了农民，这相当于工人在工厂做工，月底拿一点工钱。但地主收取的租子，等同于资本家获取的利润……

何叔衡不知说了一句什么话，听见毛泽东道："种田的诸君！田主怎样待遇我们？租税是重是轻？我们的房子适不适？肚子饱不饱？田不少吗？村里没有没田作的人吗？这许多问题，我们应该时时去求解答。应该和我们的同类结成一个联合，切切实实彰明较著的去求解答……"

何叔衡方才恍悟，连声称赞，慨然道："若是能把工人跟农民都团结起来，我们的支持者，将会是几万万民众呵……"

1920 年春，上海环龙路渔阳里 2 号（今南昌路 100 弄 2 号），陈独秀寓所。上海马克思主义研究会成立后，每逢会议或活动，会员皆聚于此。同年 6 月，中国共产党发起组在此成立。

1920 年 10 月，李大钊、张申府、张国焘等，齐聚于北京大学红楼内北大图书馆，亦即李大钊的办公室，成立北京共产党早期组织。

同年 11 月，北京社会主义青年团，在红楼北京大学学生会办公室成立。

第十章
中国共产党第一次全国代表大会

一大代表

建党绝非易事。一个政党首先需要有政治纲领，需有严密的组织与分工，更需要具有对敌斗争的丰富经验。1921 年 3 月，李大钊著文公开呼吁创建工人阶级政党。1921 年 6 月，共产国际代表马林和共产国际远东书记处代表尼克尔斯基先后来华，建议召开党的全国代表大会。而有关“中共一大”的历史，在相当长的时间里，对于会议当时的具体细节与情形，并没有一个十分准确而清晰的定论。究其主要原因，是身处不可控的严峻局势与危险环境之下，与会人员未能即时留下相关文字记载。新中国成立后，胡乔木撰文《中国共产党的三十年》，记录一大开会的时间为 1921 年 7 月 1 日，代表为 12 人。再至“文革”结束，一大代表刘仁静、包惠僧，相继写出回忆录，陈公博在美国留存的中共一大史料，辗转传回国内，这段历史方才慢慢变得清晰。

中国共产党第一次全国代表大会，意义至关重要，然则南陈北李，均未出席。何故？

北京一方，刘仁静在《回忆“党的一大”》中这样写道——“一九二一年暑假，我们几个北京学生，在西城租了一所房子，办补习学校，为报考大学的青年学生补课。张国焘教数学，邓中夏教国文，我教英文。正在这时，我们接到上海的来信（可能是李达写的），说最后要在上海召开中国共产党第一次全国代表大会，要我们推选出两个人去参加。我们几个人——张国焘、我、罗章龙、李梅羹、邓中夏就开会研究。会前是否征求过李大钊先生的意见，我不知道，李先生很和气，就是征求他的意见他也不会反对。在会上，有的人叫邓中夏去上海开会，邓说他不能去，罗章龙也说不能去，于是就决定我和张国焘两个人去出席一大……”（参见刘仁静《回忆“党的一大”》，载《“一大”前后》之二，人民出版社 1980 年版，第 209 页。）

而陈独秀是时正在广州。包惠僧回忆道：“上海来了一封信，是张国焘、李汉俊联名写的。据说第三国际和赤色职工国际派来了代表，他们建议中共应该在上海举行一次全国代表会议，他们同意这个意见，并请各支部各选出出席代表二人，特别要请陈独秀回上海去主持这次的会议。陈独秀说，我为了广州大学预科筹备工作，暂时不能离开广州，这里出席代表我想派陈公博、包惠僧两位同志去。公博开完了会快点回来，惠僧开完了会回武汉工作。现在是工作多人少，各方面都要照顾到，大家也没有意见……”（参见《包惠僧的一封信》，载《“一大”前后》之二，人民出版社 1980 年版，第 434 页。）

其时，全国各地的代表，由四面八方赴上海参加中国共产党第一次全国代表大会。

湖南。湘江码头。何叔衡手拎皮箱大踏步而来，毛泽东早一步到了，正站在岸边与杨开慧话别。

远远望去，码头沿岸水泄不通，包裹箱笼间人头蠕动，大人的腿缝间挤着的孩子，已经哭不出声，只是呜咽。人力车夫一身短打，埋头只是快跑，来了，去了，无头苍蝇般东突西奔，一双赤足裹满泥巴，口里大声吆喝："让一哈，让一哈！"

汽笛声长鸣。轮船的大烟囱里冒起浓烟，一条白龙冉冉升腾。

一艘远洋巨轮，正匀速行驶在东海之上。

周佛海独自于船舷伫立凝望。海水一望无际，海不扬波，但周佛海的心中，却如惊涛骇浪。

旅日的中国共产党早期组织，最为简单，就只有施存统与周佛海二人。建立于 1921 年 4 月。而据 1921 年 4 月 29 日，日本东京警方的报告可知，陈独秀当初派周佛海与施存统二人为代表，一是建立日本党组织，其次可能是让他们准备出席在上海的中共一大会议。但周佛海表示他在鹿儿岛，地处偏僻，请施存统多负责一些。（参见中共一大会址纪念馆编著：《中共建党前后革命活动留日档案选编》，上海人民出版社 2018 年版，第 90 页）。

世事难料。其时，施存统没空回国，而周佛海恰逢暑假期间回到上海，故而参加了中共一大的会议。

列车疾驰，王瑞俊（后改名为"王尽美"）与邓恩铭，此刻面对面而坐，默无一语，只是望向窗外。正值初夏。一大清早的火车，此刻太阳尚未高升，远远的村落给微微的薄雾笼罩着，夜里落过一场大雨，不知从哪里吹来的暖风，带了一丝潮气。铁轨两旁的庄稼地，浅绿色的麦浪，随风而动，看了使人心目阔朗。

上海街头，一辆有轨电车由对面驶来，叮铃铃一串铃声，董必武与陈潭秋并肩而立，望向窗外。但见纤云四卷，路边的人家窗子大开，有人在唱《苏三起解》，一遍又一遍的评弹唱词，但永远只那么一句，反复又反复，使人觉得那弹唱之人，也要在这濡闷潮热的阳光中昏睡……

1921 年 7 月中下旬，上海法租界白尔路 389 号（今太仓路 127 号）的博文女校内，一批教师与学生模样的青年人，接踵而至。他们对外的公开身份是，北京大学师生暑期考察团。

此刻，在上海博文女校的宿舍里，挤满了人。说的多是方言，七张八嘴，且笑且谈，甚是热闹。

张国焘首先自我介绍，道："我叫张国焘。北京代表。"

一旁的刘仁静接口道："我是刘仁静。北京代表。"

"我叫李汉俊。上海代表。"

"我是李达。上海代表。"

"王瑞俊。山东代表。"

"邓恩铭。山东代表。"

"湖北董必武。"

"湖北陈潭秋。"

"旅日代表周佛海。"

"我叫包惠僧，"略顿了一顿，"是受陈独秀先生委派而来。"

何叔衡烟不离手，此刻将烟斗叼在嘴上，笑道，"湖南何叔衡。"说罢，侧转身来，将毛泽东往前让了一让，道，"这位是湖南……"

一语未竟，给张国焘打断，疾步上前，一双手已经直伸出去，道："润之兄，久违了！一向可好？"

毛泽东亦伸出手来与之相握，道："特立兄，你好。"

张国焘掉转身来看一眼众人，带笑道："当年润之兄头一次来北大，恰逢胡适之先生授课，就坐在我前头。"

笑谈间，宿舍的门訇然被推开，王会悟侧转身来将陈公博让进屋来，他身后还跟着一位女士。陈公博略欠一欠身，道："不好意思，来晚了。"又道："我叫陈公博。广州代表。"将身后的女人让进屋来，"这位是内人……"

李励庄近前几步，面朝众人微鞠一躬，道，"我叫李励庄，问好诸位。"

李达像是想起什么事来，指一指王会悟，道："王会悟。我太太。"

王会悟莞尔一笑，道："欢迎各位代表。"又道："此次代表大会的会务事宜，皆交由我来负责。"

李汉俊在一旁道："各位代表旅途劳顿，想必已经十分疲乏，先休息。"略顿了一顿，又道："明日上午十点整，我在家兄的寓所，望志路 106 号，准时恭迎各位。"

与众人再略谈几句，李汉俊与李达先行告辞。

包惠僧（1894—1979），别名鲍一德、包生，号栖梧老人，湖北黄冈人。1917 年，毕业于湖北省立第一师范，在武昌教书半年，后任《汉口新闻报》《大汉报》《公论日报》《中西日报》等报记者。1919 年，于北京大学文学系肄业，同年参加五四运动。1920 年，参加武汉共产党早期组织，在武昌组织共产党临时支部，任支部书记。1921 年 7 月，受陈独秀委派出席了中国共产党第一次全国代表大会。

会议召开

1921 年 7 月 23 日，中国共产党第一次全国代表大会在上海开幕。这一日，重雾笼罩申城，直至清晨尚未散开。外滩海关大楼顶端的大自鸣钟，钟声当当而起。江面之上，有轮船远远地开过来。汽笛声一长两短，穿街过巷，进入沿岸各户各家。

其时，上海法租界望志路106号（今兴业路76号），李书城与李汉俊兄弟的家中，中国各地的共产党早期组织派来的代表，齐聚一堂。室内没有特别布置，陈设十分简单，然则气氛庄重。出席者有上海代表李汉俊、李达；北京代表张国焘、刘仁静；长沙代表毛泽东、何叔衡；武汉代表董必武、陈潭秋；济南代表王尽美、邓恩铭；广州代表陈公博；以及旅日代表周佛海；陈独秀委派的包惠僧。

会议由张国焘主持，道："鄙人能主持本次全国代表大会，倍感荣幸。"侧转身来，指一指一旁的两位外国代表，又道："马林同志，是共产国际特派驻本次大会的观察员，尼克尔斯基同志做翻译。"掉转身来继续道："毛泽东同志，是本次大会的书记员。"

大家热烈鼓掌。

中国共产党第一次全国代表大会正式开始。

因为之前关于政党名称的问题，各地共产党早期组织分别已经接到过信函，"中国共产党"的名称，很快便全票通过。

之后，代表们商讨会议的任务与议题。大家一致确定，先由各地代表报告本地工作，接着讨论并通过党的纲领以及今后的工作计划，会议最后，选举中央领导机构。

一桌人且论且谈，关于政党成立以后，各地具体需要如何紧密团结，如何尽快配合开展逐项运动，畅所欲言。

不觉间已是晚霞散依，暮色苍然。

代表们从李汉俊家里出来，且笑且谈。直至院中月色微现，满地上花丛竹树的影子，交互重叠，离披动摇。

马林与尼克尔斯基先行告辞，与周佛海跟王尽美站在弄堂口略谈几句，但见两辆黄包车由斜对面疾奔而来。二人分别上车坐定，尼克尔斯基操一口俄国腔中文，道，南京路，东方饭店。话音未落，马林飞速地讲一句俄语，去汇中饭店。

去汇中饭店？

尼克尔斯基面露恍惑，掉转身来看一眼马林。

马林并不作声，只是跟他使眼色。尼克尔斯基立刻会意，一眼瞥见在街口的大树后面，有几个人鬼影似的一闪。改口让车夫改换目的地。

那车夫并不多问，纳下头只是拉了车子疾跑。尼克尔斯基有点紧张起来，道，怎么办？

马林淡淡一笑，道，不要回头。往前看。

身后不远处，已经有巡捕房的便衣，骑辆脚踏车，一路紧跟。

汇中饭店门前，高阶之上，灯火辉煌，背景音乐的钢琴声隐约传出来，黄包车稳稳地停下。

尼克尔斯基和马林二人拾级而上，直奔饭店总台而去。

盯梢的特务赶到，立于饭店门前徘徊张觑……

上海汇中饭店大堂内。马林想定两个标间。补充一句，最好是一楼。

尼克尔斯基用不标准的中文与总台服务员交流，不时用俄语同马林交换意见。

趁服务员登记的功夫，尼克尔斯基掸眼看一眼马林，攒眉摇头，道，怎么回事？我们到哪都有人盯梢？

马林佯装系鞋带，看见那两个特务，此刻正靠在大门上，报纸遮住半张脸。

总台服务员道，一楼客满。三楼尚有两间空房，您看？

尼克尔斯基默然片刻，道，可以。没听清马林在身后说了一句什么话。

服务员将房门钥匙递过来，含笑道，先生请，306跟307房间。

尼克尔斯基接过钥匙牌，转身上楼。马林在身后接踵相随。

走几步，马林悄声道，几个月以前，我才刚跟奥地利的警察打过交道，租界当局并不可怕，关键是我们的会议尚未结束……

马林与尼克尔斯基上得楼来，特意在房间门口站了一站，慢悠悠地开门，立于门前再笑谈几句，这才各自进屋。

马林（1883—1942），荷兰共产主义者，1920年8月被共产国际任命为驻远东的代表，派遣至上海工作。1921年6月3日，乘坐阿奎利亚号（Acqulia）客轮抵达上海。化名安德莱森（Andresen），公开身份是记者。他先是住进了永安公司楼上大东旅社，不久搬到公共租界麦根路（现淮安路32号），后又迁到汇山路（现霍山路6号）。

尼克尔斯基（1889—1938），1921年6月受共产国际远东书记处派遣，接替维经斯基在华工作。赴上海了解中国共产党的筹备工作。到达上海，先与马林接头，随即与当时主持上海党组织工作的李达等人建立联系。同年，出席中共一大会议，并作简短发言。介绍在伊尔库茨克建立的共产国际远东书记处，以及刚刚成立的赤色职工国际的情况。建议中共重视工人运动。

意外来袭，会议中断

隔日（即7月24日），会议在望志路106号继续进行第二次会议。

各地代表报告本地区党团组织的具体现状，以及工作进程，彼此交流经验与体会。

7月25日、26日两日，休会。起草纲领和工作计划。由张国焘、李达、董必武起草供会议讨论的纲领与今后的实际工作计划。

7月27—29日，连续三天，详细讨论党的纲领和决议。代表们各抒己见，讨论热烈。各地代表在党的性质、纲领和组织原则等主要问题上，取得了基本一致的意见。但在党员能否做官和当国会议员等问题上，发生激烈争论。

关于会议中各位代表就“党的性质、方针、政策”等方面的争论，陈公博在《中国共产党的第一次代表大会》一文中，特别有文字记录：

他们特别强调对现存其他政党的态度。第一个纲领写道，对现存政党，应采取独立攻击和排斥的态度。在政治斗争、反对军阀与官僚，以及要求言论、出版与集会自由时，凡必须表明态度者，本党应代表无产阶级的利益，不得与其他党派或团体发生关系……这就宣示了一个真理：中国现存的任何一个政党都不值得参加。其次，当时许多共产党人代表的是其他党派或团体的激进分子。如果他们保留着其他党派或团体的资格，会有损于共产党员的人格。其次，由于承认不妥协是唯一的政策，独立斗争对党来说就很重要。共产党员和非共产党员一起活动没有好处。

党纲领第十四条禁止党员做官和充当议员，并进一步说明，学校校长和大学校长如果经由政府任命，就视同官员，应如上述处理。这一规定引起了激烈的争论。反对者主张，教育行业不应视同做官，而且党建立伊始，凡能活动的地方应积极活动，不管他们是什么职业，即使是在政府职位上也好。由于持这种主张的一方坚持己见，这条规定遂留待下次大会作决定。

第一个宣言并未能发表。宣言的原稿分两部分：第一部分以马克思、恩格斯的《共产党宣言》的理论为基础论述中国的政治经济形势，提出立即进行社会革命的必要性。后一部分列举了北方政府和南方政府的弊端，指出孙逸仙博士的政府并不好于北方军阀政府。这种说法在大会上引起了重大争议。有些代表论证说，尽管国民党的纲领有许多错误观点，但目前它毕竟多少代表了新时期的趋势。孙博士所提的民主主义类似国家社会主义。然而，多数代表鉴于国民党员反对共产党，认为那就应当推翻南方政府。最后，宣言还是通过了。但第二天另一项议案又决定把宣言的发布问题留待中央执行委员会决定。第一次代表大会以后，第一个宣言没有公布，其原稿遂不为世人所知。（参见中共一大会址纪念馆编著：《中共首次亮相国际政治舞台档案资料集》，上海人民出版社 2016 年版，第 166 页。）

而陈潭秋写于 1936 年的回忆录中的文字，详细叙说了当时的实际情况。文中道：

大会进行了四天，讨论的问题是：当时政治形势，党的基本任务，党的章程，以及发展组织问题。在这些问题的讨论中间，曾经发生过严重的争论。一方面是以李汉俊为首的“公开马克思主义派”。他认为中国无产阶级太幼稚，不懂马克思主义，须要长期的宣传教育工作，因此，不赞成组织真正无产阶级的政党，并且不主张为实现无产阶级专政而奋斗，而主张团结先进知识分子，公开建立广泛的马克思主义理论的政党……李达与陈公博拥护李汉俊的观点。另一方是刘仁静为首的极“左”派。他主张以无产阶级专政为斗争的目标，反对参加资产阶级民主运动，反对任何合法运动，认为知识分子都是资产阶级的思想代表，一般应拒绝其入党。包惠僧赞成刘仁静的意见。大会大多数代表，严厉批评了两方面的错误意见，最后在原则上通过一个基本立场，以实现无产阶级专政为党的基本任务，但在过渡阶段的斗争策略上，不但不拒绝而且积极组织无产阶级来参加和领导资产阶级性的民主运动。决定建立严密的战斗的工人政党，在一定的有利于无产阶级发展的条件下，应当利用公开合法运动。这一原则的通过，奠定了中国共产党布尔什维克的初步基础。（参见陈潭秋著：《第一次代表大会的回忆》，刊载于《“一大”前后》之二，人民出版社 1980 年版，第 286—287 页。）

是时，在北大图书馆办公室，李大钊虽未能出席此次中共一大会议，仍十分关心会议的进展情况，时而走去窗前往外眺望，时而凝神细思。

与此同时，在广州的一间办公室内，陈独秀在屋子里来回踱步，满心惦念着中共一大会议的进展情况。

其时，在法国巴黎，在蒙达尼男女公学大楼的顶楼之上，旅法共产党早期组织的成员围聚一起，赵世炎与周恩来举肩而立，十几双眼睛凝视着天边，仿佛亲临中共一大会议现场，热切期盼着有关消息早日传来。

7 月 30 日，第六次会议。

马林跟尼克尔斯基参加今晚的会议。

上海东方饭店大门前。大门之内满堂灯火，光明如昼。门前马咽车阗。马林与尼克尔斯基接踵相随，出得门来。黑暗处闪出一张明媚端润面孔，笑吟吟说了句什么话，穿花度柳地走远了。

斜对面，有两个人，斜挎在脚踏车上，正不停地往饭店门口张看……

上海法租界望志路 106 号，李汉俊立于门前徘徊瞻眺。就见马林与尼克尔斯基前后脚匆匆而来，未及站定，气喘吁吁道："实在抱歉，路上耽搁了。有尾巴。"坐下来略喘口气，又道："会议开始吧。"

中共一大举行第六次会议。

会议才刚开始，忽听得门外传来重重的敲门声，一声高过一声，有人高声道："开门！快开门！"

众人一时都怔住，面面相觑，瞠目惶惑。忖度间王会悟立起身来，示意大家安静，定一定神，掉转身去开门。

一个中年男子，一身土布长衫，并不作声，进来只是探头左顾右看。此人正是法租界巡捕房密探、青帮分子程子卿。

"请问你找谁？"

程子卿不理不睬，继续往里屋去，给李汉俊伸手拦下，看来人一眼，冷声道："兄弟，你找谁？"

程子卿怔了一怔，隔了几秒方才回过神来，笑道："哦哦，我来找社联的王主席！"

“此地乃私人寓所，并不是什么社联，何来的张主席王主席?”

程子卿于是又说，找错了，找错了，掉转身离去。

马林警惕性极高，跟尼克尔斯基用俄文说着什么，蹙额摇头，认定此人就是上海人常说的“包打听”。遂当机立断，会议即刻休会。

代表们举肩并行，接踵相随，由后门鱼贯而出，迅速撤离。

李汉俊是房东，自然不能走，陈公博亦留下陪他。

也就几分钟的工夫，前门已经给人用力地拍打起来，砰砰几声，有人高叫着让屋里的人立刻开门。

法租界巡捕房派出的两辆警车，在望志路口停下，车上冲出十多人，将望志路106号层层包围。法国警官带着中国密探直闯进室内。

而关于这一段特殊经历，当事人陈公博日后这样写道：

那个巡捕先问我们，为什么开会？我们答他不是开会，只是寻常的叙谈。他更问我们那两个教授是哪一国人？我答他说是英人。那个总巡捕很是狐疑。即下命令严密搜检，于是翻箱搜箧，骚扰了足足两个钟头。他们更把我和我朋友隔开，施行他侦查的职务。那个法侦探首先问我懂英语不懂？我说略懂。他问我从哪里来？我说是由广州来。那个侦探更问我在什么时候来中国？我老实告诉他：我是中国人，并且是广州人，这次携眷来游西湖，路经上海，并且问他为什么要来搜查。那个侦探才告诉我，他误认我是日本人，误认那两个教授是俄国的共产党，所以才来搜查。是时他们也搜查完了，但最是凑巧的，刚好我的朋友李先生是很好研究学问的的专家，家里藏书很是不少。但这几位外国先生仅认得英文的马克斯经济各书，而不认得中国孔孟的经典。他微笑对着我们说："看你们的藏书可以确认你们是社会主义者，但我以为社会主义或者将来对于中国很有利益，但今日教育尚未普及，鼓吹社会主义，就未免发生危险。今日本来可以封房子，捕你们，然而看你们还是有知识身份的人，所以我这只好通融。"一直等他走了，然后我才和我的朋友告别。

此篇《十日旅行中的春申浦》，发表在1921年10月的《新青年》第九卷第三号上。

然而，对于程子卿究竟是如何侦查到一大会场的原因，至今仍莫衷一是，聚讼不已。

在中共一大代表的有关回忆中，说到被搜查原因的有四人，有两人说是因为马林的原因，而被搜查的。

张国焘说，当时我们保密观念很薄弱，可能当大会在博文女校进行时就已为警探所注意，那次改在李家举行也未逃掉他们的耳目，所以他们很可能有一网打尽之计，故选在马林与尼克尔斯基参加时下手。

陈潭秋的回忆与张国焘的说法相近，他说，我们的推测，侦探发现我们的会议，是由博文女校跟踪而得的。

李达回忆说，一大会场被搜查，是因为马林用英文大声演说，夹杂着说了好几次中国共产党，被法国巡捕听去了，所以才有那一场风波。

董必武说，开会为什么被敌人发现呢？因为那时，外国人到中国人住的地方是不太多的，国际代表马林进去时有人就跟着走进去了。

然而上述回忆，皆为几位代表自己的推断与猜想，并无实质性的根据。

早在1921年3月，马林奉共产国际命令，离开莫斯科赴中国上海。途经维也纳，前往大使馆领取去中国的签证时被拘捕，后在友人与律师的帮助下获释。其时，维也纳当局对于马林即将前往的国家，一律作了书面通知。故而马林自欧洲入上海，沿途均受到严密监控。而荷兰属东印度政府，同荷兰驻上海总领事馆联系亦十分紧密，遂将马林的一言一行，立时三刻通知上海英法租界当局。（马林在1922年7月11日写给共产国际执行局的报告中，对这一事件作相关详细说明）。

另，据荷兰外交部相关档案记载，1921年6月17日，上海法租界公董局，致信上海荷兰总领事，信中这样写道："斯内夫利特乘意大利船'阿奎拉'号到上海，住南京路东方饭店。化名安得烈森。7月14日离开南京路东方饭店，住进麦根路32号公寓……"

一言以蔽之，马林才刚踏上中国的土地，随即便给英法租界巡捕房密切监视。7月30日晚，马林前往李汉俊家参会，被特务尾随盯梢。而当马林与一大代表匆匆离开李汉俊家不多时，巡捕冲入搜查，其间反复询问李汉俊与陈公博，有两个外国人来自何方？有何贵干？便也不足为奇。

虽然尚未发现有关马林在中共一大期间行动的警方资料，然则马林在会议期间被盯梢的可能性，不言而喻。其时，租界当局密切监视马林的一举一动，自然也意识到了共产主义者将要展开某些具体行动。如此看来，中共一大会场突遭搜查，实在是很难规避。

改换会议地址，会议圆满落幕

法租界巡捕房密探的突然闯入，一大会议被迫中断。

转移出来的一大代表，当晚汇集于上海博文女校宿舍内，商讨良策。并抓紧时间收拾东西，随时准备转移。

忽然停电了。漆黑中有人已经将蜡烛点起来。窗子没关严实，阵阵作响。风吹着蜡烛，烛泪淋漓，荷叶边的小小托盘，一瓣一瓣，堆成个浅桃红色的雏菊。然而暗夜之中的这一抹红光，看了愈发使人觉得心胸阔朗。

上海是断然不可再待下去了。有人提议，到杭州开会。立刻有人表示反对，杭州过于繁华，很容易暴露目标。

李达的妻子王会悟，提议去南湖，她是浙江嘉兴人，那里有个南湖，开会很安全。大家听罢，一致赞成，当即决定，隔日大家一同乘火车前往嘉兴。

而陈公博陪着李汉俊应付法国巡捕几个钟头的搜查、盘问，早已心生不悦。与夫人李励庄手牵手进得饭店门来，陈公博总觉大厅的气氛与以往不同，有点异样。就在当夜，沉沉酣睡中的夫妻二人，突然给一阵枪声惊醒，再一听，竟然就是隔壁房间，枪声夹杂着哭嚎声，听得使人头皮发麻。

天蒙蒙亮，听见走廊里茶房一脸紧张地议论，说昨日深夜本酒店发生枪击案，一个男人把一个女人打死了……

片刻不能耽搁，也顾不得中共一大会议尚未闭幕，陈公博带了夫人，匆忙离沪去往杭州。

这天清晨，代表们很早起来，分两批到达上海火车站，乘火车前往浙江嘉兴。

站台之上，熙来攘往的人头如蝇般蠕蠕着，一股脑朝车厢里涌。代表们随人潮裹挟进来，才刚站定，火车笛声骤响。开车了。有人买了一份早报，才刚打开，一条新闻赫然在目，黑体字标题写着——“大东饭店昨日夜里发生血案，苦命鸳鸯殒命……”

阴天。嘉兴南湖的湖面上起了雾，渐渐地浓了。

雾蒙蒙的天与地。时间尚早，远远的有一艘船停泊在那里，白雾之下，仿佛只是一个影子。水声酥柔，偶然发出“啯”的一声。

上午10时左右，代表们到达嘉兴车站，在鸳湖旅馆稍做休息，登上事先租好的南湖画舫。

画舫缓缓划行，王会悟撑把油纸伞，扮成歌女，端坐于船头，负责站岗放哨。

画舫正厅中，代表们则隔着桌子面对面相视而坐，将麻将牌一股脑倒在桌上，哗啦哗啦，洗起牌来了。

近午时，中共一大会议第七次会议，在画舫上继续进行。

各位代表的发言言简意赅，会议确立了联合共产国际的方针，选举了领导机构。

南湖会议首先继续上海30日未能进行完的议程，讨论并通过《党的纲领》。这份15条约700字的简短纲领，确定了党的名称与奋斗目标，以及基本政策，同时提出发展党员，并建立地方与中央机构等组织制度。此纲领兼党纲与党章的内容，为党的第一个正式文献。

《中国共产党的第一个纲领》全文如下：

一、本党定名为“中国共产党”。

二、本党的纲领如下：

1.革命军队必须与无产阶级一起推翻资本家阶级的政权，必须支援工人阶级，直到社会阶级区分消除的时候；

2. 承认无产阶级专政，直到阶级斗争结束，即直到消灭社会的阶级；

3. 消灭资本家私有制，没收机器、土地、厂房和半成品等生产资料，归社会公有；

4. 联合第三国际。

三、本党承认苏维埃管理制度，把工人、农民和士兵组织起来，并承认党的根本政治目的是实行社会革命；中国共产党彻底断绝与黄色的知识分子及与其类似的其他党派的一切联系。

四、凡承认本党党纲和政策，并愿成为忠实的党员者，经党员一人介绍，不分性别，不分国籍，均可接收为党员，成为我们的同志。但是在加入我们的队伍以前，必须与那些与我们的纲领背道而驰的党派和集团断绝一切联系。

五、接收新党员的手续如下，候补党员必须接受其所在地的委员会的考察，考察期限至少为两个月。考察期满后，经多数党员同意，始得为正式党员，如果该地区有执行委员会，应经执行委员会批准。

六、在党处于秘密状态时，党的重要主张和党员身份应保守秘密。

七、凡有党员五人以上时，应成立委员会。

八、委员会的党员经当地委员会书记介绍，可转到另一个地方的委员会。

九、凡是党员不超过十人的地方委员会，应设书记一人；超过十人的应设财务委员、组织委员和宣传委员各一人；超过三十人的，应从委员会的成员中选出一个执行委员会。执行委员会的章程另订。

十、工人、农民、士兵和学生等地方组织中党员人数很多时，可派他们到其他地区去工作，但是一定要受当地执行委员会最严格的监督。

十一、（遗漏）

十二、地方执行委员会的财政、活动和政策，应受中央执行委员会的监督。

十三、委员会的党员超过五百人，或同一地区有五个委员会时，应成立执行委员会。全国代表会议应委派十人参加该执行委员会，如果上述要求不能实现，应成立临时中央执行委员会。关于执行委员会的工作和组织细则另订。

十四、党员除非迫于法律，不经党的特许，不能担任政府委员或国会议员。士兵、警察和职员不受此限。

十五、本纲领须经全国代表大会三分之二代表同意，始得修改。

（参考资料：《中共中央文件选集》第一册。）

其中，讨论并通过《中国共产党的第一个决议》，对今后党的工作作出安排部署。鉴于党的力量还十分弱小，决定以主要精力建立工会组织，并指导工人运动，做好宣传工作。同时要求与其他政党关系上保持独立政策，强调与第三国际建立紧密关系。

《中国共产党的第一个决议》全文如下：

一、工人组织

本党的基本任务是成立产业工会（工会——译者①）。凡有一个以上产业部门的地方，均应组织工会；在没有大工业而只有一两个工厂的地方，可成立比较适于当地条件的工厂工会。

党应在工会里灌输阶级斗争的精神。党应警惕，勿使工会成为其他党派手中的玩物。为此，党应特别机警地注意，勿使工会执行其他的政治路线。对于手工业工会，应迅速派出党员，以便尽快进行改组工作。

拥有会员二百人以上才能成立工会，同时，至少要派我党的两名党员到该工会去工作。

二、宣传

一切书籍、日报、标语和传单的出版工作，均应受中央执行委员会或临时中央执行委员会的监督。

每个地方组织均有权出版地方通报、日报、周刊、传单和通告。

不论中央或地方出版的一切出版物，其出版工作均应受党员的领导。

任何出版物，无论是中央的或地方的，都不得刊登违背党的原则、政策和决议的文章。

三、工人学校

因工人学校是组织产业工会过程中的一个阶段，所以在一切产业部门均应成立这种学校，例如，应成立“运输工人预备学校”和“纺织工人预备学校”等等。在这种学校里，除了非常必要的情况以外，不应教若干门不同的课程。

学校管理处和校务委员会应完全由工人组成。党聘请的教员可以出席校务委员会的会议。

工人学校应逐渐变成工人政党的中心机构，否则，这种学校就无需存在，可予以解散或改组。

学校的基本方针是提高工人的觉悟，使他们认识到成立工会的必要。

四、工会组织的研究机构

这种机构应由各个产业部门的领导人、有觉悟的工人和党员组成，应研究产业工会组织的工作方法等问题。

成立这种机构的主要目的应为教育工人，使其在实践中能够实现共产党的思想。要特别注意组织工人工会，援助其他部门的工人运动，研究工人工会以及其他无产阶级组织的情况。

为了更适当地进行工作，这种机构的研究工作应分为以下几类：工人运动史，组织工厂工人的方法，卡尔·马克思的经济学说，各国工人运动的当前形势。研究的成果应定期发表。必须特别注意中国工人运动问题。

五、对现有政党的态度

对现有其他政党，应采取独立的攻击的政策。在政治斗争中，在反对军阀主义和官僚制度的斗争中，在争取言论、出版、集会自由的斗争中，我们应始终站在完全独立的立场上，只维护无产阶级的利益，不同其他党派建立任何关系。

六、党与第三国际的联系

党中央委员会应每月向第三国际报告工作。

在必要时，应派遣一特命全权代表前往设在伊尔库茨克的第三国际远东书记处。此外，并派代表赴远东各国，以便商讨发展和配合今后阶级斗争的进程。

转眼已经到了下午5点。天晴日出。远远地看见湖面上一艘船，正朝着画舫的方向疾驰而来。

王会悟立起身，又重新坐下。一双凤眼只是紧盯着正前方，耳畔一阵风吹过，她侧转身来提醒船舱内的代表们，提高警惕。

因为有了前车之鉴，代表们并不慌乱，即刻收藏相关文书，将麻将牌摆出来，哗啦呼啦，开始打牌。

刚才还是晴空万里，此刻忽然间下起雨来了。一个一个的雨点砸落在船舱窗玻璃上，一个一个的水渍点子。一阵风把那水雾吹成了烟，风掠过，又有雨滴滴答答稀稀落落地来了。

远远的岸边，烟气水雾中，楼宇跟店铺隐隐绰绰，重叠，起伏，虽然明知道那里并没有山，却像层峦叠嶂似的。

虚惊一场。湖面上那艘船只是当地士绅的私人游船。

会议继续。

最终，陈独秀当选为中央局书记。张国焘负责组织，李达负责宣传。陈独秀未到之前，暂由周佛海代理。

中共一大会议圆满落下帷幕。代表们闭会时齐声高呼："共产党万岁！第三国际万岁！共产主义——人类的解放者万岁！"（参见中共一大会址纪念馆编：《中共首次亮相国际政治档案资料集》，上海人民出版社 2016 年版，第 171 页。）

掌声响起，久久不息。代表们相视对望，激动与兴奋溢于言表。

细雨迷蒙。烟雨楼仿佛飘浮在空中。隔了几秒钟，耳畔隐约有一个声音，一个音乐旋律，自船舱之内缓缓地涌出来……

那是《国际歌》的旋律。

一霎眼的功夫，一个人的轻哼，已然演变为多人合唱。悄声低吟，越唱声音越响，《国际歌》铿锵的乐声，从船舱穿窗而来，直飘到湖面上。

代表们纷纷立起身来，站在窗前伫立凝望。歌声乘着海风，在空中回荡。

尾　声

中共一大会议最后在嘉兴闭幕，究竟是哪一天？

在陈潭秋、张国焘、包惠僧的回忆录中，都说是在上海遭到法国巡捕搜查的隔日，即1921年7月31日。

陈潭秋这样写道："这一天早晨天色阴暗，到9时半以后，天忽大雨，游人均系舟登岸，大为败兴。然而对于我们倒很便利了。"（参见陈潭秋著：《第一次代表大会的回忆》，刊载于《"一大"前后》之二，人民出版社1980年版，第288页。）

长期以来，由于种种复杂的原因，中共一大嘉兴南湖会议的召开日期一直众说纷纭。

一个时代走向结束，另一个时代开始。当年的中共一大代表，生死殊途，各奔归程。然则革命先驱的模样，仍十分清晰。回首那些浴血奋战的时光，在一个多世纪以后的生者的脑海中，涤荡徘徊，久不散去。

新的时代，纵然再有崭新的话题，那些将火种洒向四面八方，将旧中国从黑暗深处拯救出来的燃灯者，应该被世人永远铭记……

图书在版编目(CIP)数据

薪火：中国共产党上海发起组成立前后/王瑢著
.—上海：上海人民出版社，2024
(红色起点)
ISBN 978-7-208-18843-3

Ⅰ.①薪…　Ⅱ.①王…　Ⅲ.①纪实文学-中国-当代
Ⅳ.①I25

中国国家版本馆 CIP 数据核字(2024)第 067552 号

责任编辑　李　莹
封面设计　今亮后声

红色起点
薪火
——中国共产党上海发起组成立前后
王　瑢　著

出　　版　上海人民出版社
（201101　上海市闵行区号景路 159 弄 C 座）
发　　行　上海人民出版社发行中心
印　　刷　上海盛通时代印刷有限公司
开　　本　890×1240　1/32
印　　张　7.5
插　　页　4
字　　数　172,000
版　　次　2024 年 5 月第 1 版
印　　次　2024 年 5 月第 1 次印刷
ISBN 978-7-208-18843-3/D·4300
定　　价　38.00 元